爺爺大逃亡

上青天，上青天，開飛機遠走高飛

GRANDPA'S GREAT ESCAPE

大衛·威廉 著
東尼·羅斯 繪
謝雅文 譯

晨星出版

ISBN｜978-986-443-156-4

CIP｜873.59 105009413

GRANDPA'S GREAT ESCAPE

蘋果文庫 074

爺爺大逃亡

作者：大衛・威廉｜繪者：東尼・羅斯｜譯者：謝雅文｜主編：郭玟君｜校對：廖靖玟｜封面設計：黃裴文｜美術設計：黃寶慧｜

創辦人：陳銘民｜發行所：晨星出版有限公司｜台中市407工業區30路1號｜TEL:04-23595820｜FAX:04-23550581｜E-mail:service@morningstar.com.tw｜http://www.morningstar.com.tw｜行政院新聞局局版台業字第2500號｜法律顧問：陳思成律師｜初版：西元2016年8月15日｜再版：西元2023年4月30日（五刷）｜讀者服務專線：TEL：（02）23672044／（04）23595819#230｜讀者傳真專線：FAX：（02）23635741／（04）23595493｜讀者專用信箱：service@morningstar.com.tw｜網路書店：http://www.morningstar.com.tw｜郵政劃撥：15060393（知己圖書股份有限公司）｜印刷：上好印刷股份有限公司

定價｜320元

此書獻給山姆和菲比，
他們幾乎很聽話。
愛你們的大衛

讓生命飛上青天

——高詩佳　語文類書籍暢銷作家

這是一個關於年少夢想與飛行的故事，也是一部感人的親情與冒險故事。《爺爺的大逃亡》是英國知名童書作家大衛．威廉的最新力作，高居二〇一五年英國十大暢銷書的第二名。這個故事的時間設定在一九八三年，男主角傑克只有十二歲，而爺爺已經是個老頭子。他總是健忘，會穿著拖鞋去超市，會做出稀奇古怪的食物，但對於年輕時的事情卻記得分外清楚。原來，爺爺在二次大戰時曾擔任英國皇家空軍飛官，人稱「龐汀中校」。最常掛在嘴邊一句話就是：「上青天，上青天，開飛機遠走高飛。」

故事從有天晚上在外獨居的爺爺走失了開始，傑克與爸媽四處遍尋不著，最後發現爺爺爬上了鎮上的至高點——教堂尖塔。雖然沒有發生意外，但也讓爸媽開始考慮送他到養老院。爲了阻止爺爺被送走，傑克先是提議讓爺爺跟他到學校上學。果然到了課堂上，爺爺就如同回到一九四〇年般，跟小朋友們分享精采的空戰故事，讓大家聽得如痴如醉。好不容易，傑克說服父母讓爺爺住進家中，可是當晚爺爺就失蹤了，怎樣都找不到。經過一陣混亂的搜尋行動後，被找到的爺爺不得不進了養老院「暮光之塔」。

只是，這個養老院的背後原來還藏著陰謀，故事的中間，敘述祖孫倆計畫怎樣突破層層阻礙，甚至一度遭遇火劫差點被燒死。而最瘋狂的部份，是後來爺爺決定要到博物館，駕駛老舊的飛機飛上青天……故事最後爺爺成了大家眼中眞正的英雄，傑克也在成人後，與自己的孩子一同分享爺爺精采的冒險故事。

大衛．威廉運用了豐富的想像力，帶領讀者在觀看精采的故事之餘，也重溫了二次世界大戰英國空軍光輝的歷史。故事裡頭的噴火式戰鬥機，是只有一人座位的單翼機，它是英國史上最傳奇的戰機，卻共同容納了祖孫的飛翔夢，是書中最可貴、感人的地方。儘管這個故事被命名爲「爺爺大逃亡」，但要講的無疑是讓生命飛上青天的夢想。這本書不僅値得小朋友閱讀，也相當適合大人們一同隨著故事情節，來進行一場精采的飛翔冒險。

目錄

第一部　與天比高

第二部　生死攸關的大事

第三部　其中一架飛機不見了

第四部　通往繁星的路

爺爺很久以前是英國皇家空軍的飛官。

他在二戰期間駕駛噴火式戰鬥機。

故事發生在一九八三年。那個時候沒有網路，也沒有智慧型手機跟電玩，好讓你一玩就是好幾個禮拜。一九八三年，爺爺已經是個老頭了，不過他的孫子傑克只有十二歲。

媽媽是在超市賣乳酪的櫃姐。
爸爸是會計師。

拉吉
報攤老闆
真理夫人
歷史老師
肥肉與排骨警探
打擊犯罪的雙人組

保全
任職於倫敦的
帝國戰爭博物館
霍格
鎮上的牧師

陸軍少校
養老院的住戶
海軍少將
養老院的住戶
蛋糕太太
養老院的住戶
豬玀夫人
本地養老院
「暮光之塔」的總管

LOVE
HATE
玫瑰
雛菊護士
本地養老院
「暮光之塔」的護士
玫瑰護士
本地養老院
「暮光之塔」的護士
雛菊
花兒
花兒護士
本地養老院
「暮光之塔」的護士

暮光之塔
照顧你家
沒人要的老人家

這就是「**暮光之塔**」

暮光之塔
荒原
學校
SCHOOL
公園
拉吉的
報攤
傑克家

這張是小鎮地圖

序

不知從哪天起，爺爺開始忘東忘西。起初只是小事。老人家替自己泡茶卻忘了喝。過沒多久，廚房餐桌上已經排了十幾杯冷掉的茶。不然就是放洗澡水，但忘了關水龍頭，害樓下鄰居淹大水。再不然就是特地要出門買郵票，最後卻扛著十七盒玉米片回家。況且爺爺根本不喜歡吃玉米片。

時間一久，爺爺忘記的事就更加嚴重了。像是今年是哪一年。他辭世已久的妻子是不是還活著。有天他連自己的親生兒子都認不得了。

最驚人的是爺爺完全忘了自己是個領退休金的老人。

這位老人家總是跟金孫傑克話當年，說他二戰期間在英國皇家空軍的探險故事。如今那些故事變得愈來愈眞實。其實他不只是在說故事，而是將過往雲煙重新上演。

現實褪成模糊的黑白照片，過去卻染上繽紛絢麗的色彩。不管爺爺身在何方、正在幹麼、又跟誰在一起，統統無所謂。他在心裡依舊是那個駕駛著噴火式戰鬥機、年輕瀟灑的飛行官。

生活周遭的人都非常難以理解爺爺的行徑。

只有一個人例外。

那就是他的乖孫傑克。

跟所有的小朋友一樣，這個小男孩也喜歡玩耍；對他來說，爺爺就像在玩一樣。

傑克發現他只要入戲跟著一起演下去就好了。

第一部
與天比高

1 蛋奶凍配豬肉

對傑克來說，自己獨自在臥室玩是最快樂不過的事。他生性害羞內向，朋友不多。與其到公園跟其他同學踢足球，他寧可待在家裡，組裝他最心愛的成套飛機模型。他最愛的是二戰系列——蘭卡斯特轟炸機、颶風戰鬥機，當然也少不了爺爺的舊座騎：傳奇噴火式戰鬥機。至於敵對的納粹陣營，他的模型收藏包括道尼爾轟炸機、勇克轟炸機、以及噴火式戰鬥機的勁敵：梅塞施密特戰鬥機。

傑克會小心翼翼地彩繪他的模型機，然後穿釣線固定在天花板上。它們懸掛在空中的樣子好像陷入混戰，打得難分難解。到了晚上，他會躺在有上下鋪的床上仰望模型機，漸漸沉入夢鄉，夢見自己跟爺爺以前一樣，是名皇家空軍飛官，是個厲害的飛行員。小男孩在床邊放了一張爺爺的照片。在這張黑白舊照裡的他還非常年輕。照片是一九四〇年拍的，那時不列顛之役正打得如火如荼。爺爺身穿皇家空軍飛官制服，英姿煥發、抬頭挺胸地站著。

傑克在夢裡就跟爺爺一樣，**上青天，上青天，開飛機遠走高飛**。這個小男孩願意付出一切，過去統統不要，未來也全拱手讓人，只要能坐上爺爺的傳奇噴火式戰機駕駛一秒鐘就好。

在夢裡他可以當個英雄。在現實生活，他感覺自己只是枚魯蛇。

問題出在他每天都過得一成不變。每天早上去上學，下午放學做功課，晚上在電視前吃晚餐。要是他不那麼害羞就好了。要是他有很多朋友就好了。要是他能逃離這個無聊的人生就好了。

對傑克來說，一星期中最精彩的就屬星期天了。因爲那天爸媽會把他送去爺爺家玩。在老人家腦筋還沒那麼糊塗之前，會帶著小孫子出去玩個盡興。帝國戰爭博物館是他們最愛的去處。地點不遠，位於倫敦，軍事用品琳瑯滿目。

祖孫倆會一起欣賞懸在大展覽廳天花板的老戰鬥機。不用說也知道，傳奇性的噴火式戰鬥機最受他們鍾愛。爺爺只要一見到它，戰爭的回憶就會浮現腦海。他將往事娓娓道來，而他的乖孫也聚精會神地聽得入迷。傑克會在搭長途巴士回家的路上機關機掃射似地問老人家問題……

「噴火式戰鬥機能開到多快？」

「你有沒有從戰機上跳傘過？」

「哪種戰機比較強，是噴火式戰鬥機還是梅塞施密特戰鬥機？」

爺爺總是有問必答。回家的路上，常有一群小朋友在巴士頂層圍著老人家，聽他說那些傳奇故事。

「故事發生在一九四〇年夏天，」爺爺

會打開話閘子。「不列顛之役正打得慘烈。有個晚上我開噴火式戰機飛越英吉利海峽，後來跟我的空軍中隊分散了。我的戰機在空戰中遭受一連串的轟擊，最後只能搖搖欲墜地飛回基地，但怎麼也沒想到戰機正後方竟傳來機關槍的聲音。**噠噠噠**！居然是納粹陣營的梅塞施密特戰鬥機。緊跟在我的機尾！又開始掃射了。**噠噠噠**！海面上只有我們兩架飛機。那晚眞是史詩級的決一死戰……」

爺爺最喜歡說他二戰期間的冒險故事了。傑克屏氣凝神地聆聽；每個小細節都令他心神嚮往。時間一久，這個小男孩也成了舊式戰機專家。爺爺跟他的乖孫說「有朝一日他會成爲一名了不起的飛行員」。這句話總能讓小男孩趾高氣昂。

星期天晚上，假如電視有播黑白老戰爭片的話，這對祖孫就會窩在爺爺家的沙發上看電影。《與天比高》是他們百看不膩的片子。這部經典名片記敘一位飛官的生平事蹟，他在二戰前一次慘烈的意外中痛失雙腿。道格拉斯·巴德雖然身體殘疾，卻堅持不懈，最後成了傳奇性的飛行能手。陰雨綿綿的週六午後最適合收看《與天比高》或《戰地蒸發》或《戰火雲天》或《太虛幻境》。對傑克來說，這是再美好不過的事了。

美中不足的是，爺爺家的食物實在糟透了。他稱之為「定量配給」，就像他在二戰期間吃的那樣。老人家只肯吃罐頭食品。他會從食物櫃隨便拿兩個罐頭出來，倒在平底鍋，混在一起當晚餐吃。

加上「法式」兩個字好像比較高級，其實根本沒這回事。幸好小男孩來找

鹹牛肉配鳳梨塊

焗豆搭水蜜桃罐頭

糖漿鬆糕配豌豆

紅蘿蔔丁灑煉乳

沙丁魚佐米布丁

巧克力布丁淋番茄湯

牛肉腰花餡餅
配什錦水果罐頭

沙瑙魚配義大利通心麵

爺爺的招牌菜
法式蛋奶凍配豬肉

羊肉雜碎布丁淋糖漬櫻桃

爺爺不是爲了吃的。

二戰是爺爺人生中最刻骨銘心的一段歲月。那段期間，跟他一樣英勇的皇家空軍飛官都投入不列顛之役，爲祖國奮戰。當時納粹有意侵略英國，密謀一項名爲「海獅作戰」的計畫。不過納粹無法奪下領空權，保護不了他們在地面作戰的部隊，以致計畫泡湯。

爺爺和他的同袍皇家空軍飛官冒著生命的危險，日以繼夜、夜以繼日地保衛英國人民，不讓國土被納粹占領。

所以與其唸故事書哄孫子睡覺，老人家寧可講他在戰爭期間的眞實歷險給男孩聽。他的故事有夠刺激，哪本書都找不到。

「爺爺，再講一個故事嘛！拜託！」這樣的夜裡，男孩懇求道。「我想聽你被納粹空軍擊落，連人帶機墜落英吉利海峽的那一段！」

「小傑克，很晚了，」爺爺答覆。「你該睡了。明天早上我一定講給你聽，再附加很多故事。」

「可是——」

「少校，我們夢中相會囉，」老人家邊說邊輕吻傑克的額頭。「少校」是他給孫子取的綽號。「我們到時在空中碰面。**上青天，上青天，開飛機遠走高飛。**」

「上青天，上青天，開飛機遠走高飛！」小男孩跟著爺爺唸，然後在爺爺家的客房不知不覺進入夢鄉，夢見自己也是一名飛官。跟爺爺相處的時光最開心了。

只是，好景不常。

2 拖鞋

爺爺年紀愈來愈大，記憶也愈來愈常在過去的輝煌歲月駐足。我們的故事開始時，老人家已百分之百相信現在還是二戰期間。事實上，戰爭早在幾十年前就結束了。

爺爺的腦袋變得糊里糊塗。這種病會在某些老人身上發生；不幸的是，症狀雖然嚴重，目前卻沒有方法醫治。病情會隨著時間愈加惡化，最後爺爺可能連自己的名字都記不得了。

不過話說回來，人生時常可以苦中作樂。老人家近來的病情也帶來好幾段超爆笑的

時光。篝火之夜，隔壁鄰居一在花園放煙火，爺爺就說什麼也要大家立刻躲進防空洞。還有一次，爺爺拿小刀把一塊跟晶片一樣薄的薄荷巧克力切成四份分給全家吃，因爲他要「定量配給」。

最令人印象深刻的是：有次爺爺把超市裡的手推車當作蘭卡斯特轟炸機。他身負高度機密的任務，在走道上飛馳，使勁亂扔大包麵粉。這些麵粉「炸彈」覆蓋全境——食物上、櫃台收銀機上，還有踐踐的超市女經理從頭到腳也全被突襲。

她看起來活像麵粉女鬼。他們花了好幾星期才將清潔工程告一段落。爺爺則終生被禁止再踏入這間超市。

有時爺爺神智不清的狀況令人擔憂。傑克從沒見過奶奶，因為她過世快四十年了。那是納粹空襲轟炸倫敦的某個夜裡，戰爭已進入尾聲。當時傑克的父親才剛出生。不過，傑克待在爺爺家時，偶爾會聽見這位老人家呼喚他的「寶貝佩姬」，彷彿她人就在隔壁。男孩聽到時便淚水盈眶。真教人揪心啊！

不管怎麼說，爺爺還是一條豪氣的漢子。對他來說，每樣東西都要「井然有序」。

他總是打扮講究，一身空軍制服：雙排扣西裝外套、乾淨俐落的白襯衫，和熨得直挺挺的灰長褲。他的脖子上始終繫著紅褐、銀、藍的三色條紋皇家空軍領帶。

跟許多二戰飛官的時尚裝扮相同，他喜歡留瀟灑八字鬍。他的鬍子堪稱一大奇觀，長到跟鬢角連在一起。看起來像是山羊鬍，但又少了下巴那一塊。爺爺會捻捻鬍鬚的末端，一捻就是好幾小時，讓鬍子從對的角度往外伸。

唯一會讓外人發現爺爺神智不清的是：他對足下穿搭的選擇——拖鞋。老人家再也不穿外出鞋了。現在的他老是忘記出門要換鞋穿。無論是下雨、下冰雹、還是下雪，他總是穿著褐色格紋拖鞋就出門。

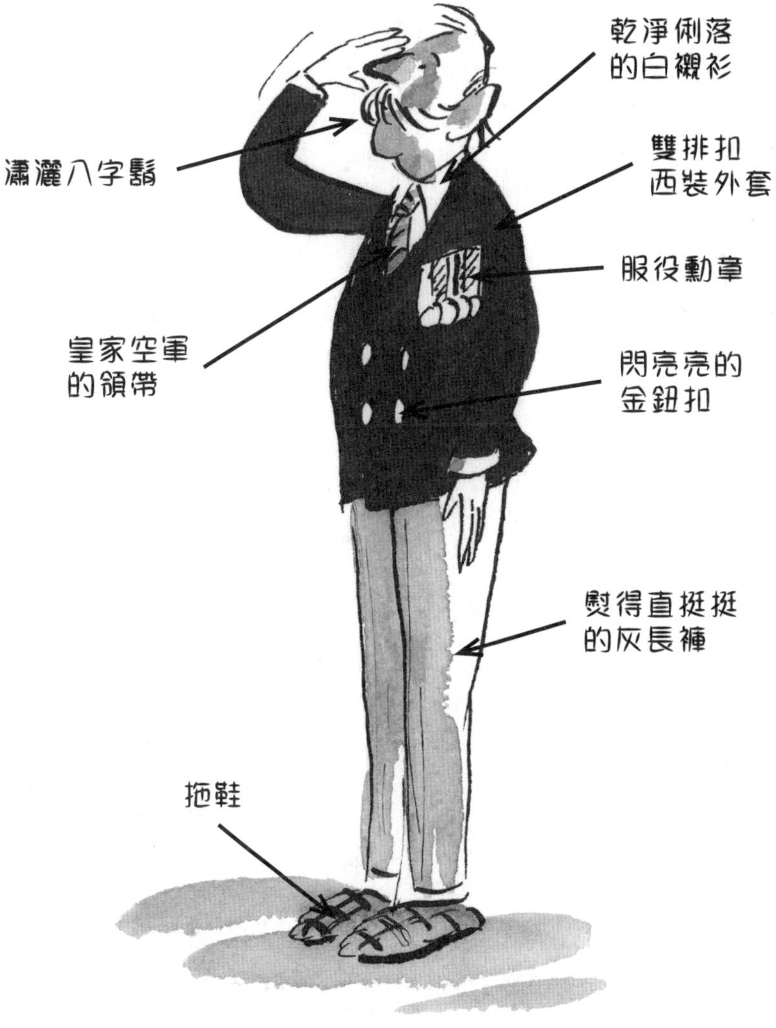
乾淨俐落
的白襯衫
瀟灑八字鬍
雙排扣
西裝外套
服役勳章
皇家空軍
的領帶
閃亮亮的
金鈕扣
熨得直挺挺
的灰長褲
拖鞋

爺爺的怪異行徑自然引起大人擔心。有時候傑克會假裝上床睡覺，其實溜出臥室，穿著睡衣坐在樓梯頂層，偷聽爸媽在樓下廚房討論爺爺的病情。他們用傑克聽不懂的專有名詞描述老人家的「症狀」。然後爸媽就會開始爭論該不該把爺爺送到養老院。男孩不喜歡他們在背後談論爺爺，把他說的好像有什麼毛病似的。可是傑克只有十二歲，感覺自己做什麼都無能爲力。

儘管如此，傑克對老人家戰爭期間的歷險故事依然鍾愛有加，就算這些往日雲煙在爺爺眼中依舊是進行式，這對祖孫甚至下海演出，也無減傑克的喜愛。他們寫自己的《男孩週報》歷險記，寫自己蠻幹硬做的故事。

爺爺有一台跟浴缸一樣大的古董木製電唱機。他會拿來播放震耳欲聾的管弦樂，音量調到爆表極限。他的最愛是軍歌樂隊。傑克跟爺爺會一起聽這些曠世名曲，比方：《統治吧，不列顛尼亞！》、《希望與榮耀之地》、或《威風凜凜進行曲》，從早聽到晚。

兩張舊扶手椅就是他倆的駕駛座艙。

祖孫倆想像中的戰機也隨著昂揚的樂聲高飛。爺爺開噴火式戰鬥機，傑克開颶風戰鬥機。他們會一起喊：**上青天，上青天，開飛機遠走高飛**。他們會一

起衝破雲霄，騙過敵營的戰機。每週日的晚上，這對飛行員不用離開老人家的小公寓，也能贏得不列顛之役。

爺爺跟傑克一塊兒住在屬於他倆的小宇宙，擁有數不盡的幻想歷險。

不過，故事即將在今晚展開，一場真實的歷險正要拉起序幕。

3 一陣乳酪味

那天晚上，傑克一如往常在臥室睡覺，夢見自己當上二戰飛官。他坐在颶風戰鬥機的儀表板前，挑戰不共戴天的梅塞施密特空軍中隊；就在這時，他聽見遠方傳來的電話鈴響。

鈴鈴鈴鈴。

他心想：奇怪，一九四〇年代的戰機又沒裝電話。但電話還是響個不停。

鈴鈴鈴鈴。

男孩從夢中驚醒。他一坐起身，頭就撞到蘭卡斯特轟炸機模型。

「哎喲！」他叫了一聲，查看爺爺送他的鍍鎳皇家空軍飛官錶。

凌晨二點三十分。誰會這麼晚打來家裡啊？

小男孩從床的上鋪往下跳，打開臥室的門，聽見母親在樓下走廊講電話。

「沒，他沒來這裡。」她說。

過了一會兒，媽媽又開口了。一聽她那熟悉的語調，傑克就確定她在跟他父親講話。「還是沒老人家的下落嗎？貝里，那你打算怎麼辦呢？我知道他是你爸！但再怎麼說你也不能像無頭蒼繩一樣整晚在外面找他吧！」

傑克再也無法保持沉默了。他從樓梯頂層喊道：「爺爺怎麼了？」

媽媽抬頭看。「哦，好樣的，貝里，把傑克吵醒了吧！」她用手摀住話筒。「小朋友，馬上給我上床睡覺！明天一早還要上學呢！」

「我不管！」小男孩唱反調。「爺爺怎麼了？」

媽媽繼續講電話。「貝里，兩分鐘後你再打來。現在這裡要天翻地覆了！」說完她就重重掛上話筒。

「怎麼了？」男孩再度質問，同時飛奔下樓跑到媽媽身邊。

媽媽誇張地嘆了口氣，彷彿肩上擔著全天下的哀傷。她常這樣嘆氣。傑克也在這一刻發現自己聞到乳酪味。這可不是普通的乳酪哦。而是臭氣薰天的乳酪、藍乳酪、濕答答的乳酪、發霉的乳酪、乳酪味超重的乳酪。他的母親在一家超市當賣乳酪的櫃姐，無論她走到哪裡，都有一股濃濃的乳酪味如影隨行。

傑克穿著他的藍色條紋睡衣，他的母親穿著粉紅色的絨毛睡袍，兩個人就這麼站在走廊上。她頭髮上了髮捲，臉頰、額頭，跟鼻子抹了厚厚的面霜。她常不擦面霜，留在臉上過夜。原因爲何，傑克也不很清楚。媽媽覺得自己是個美人胚子，常說自己有張「勾魂的乳酪臉」，好像乳酪臉很迷人咧。

媽媽開燈，突如其來的光亮使兩人眨了眨眼。

「你爺爺又走失了！」

「糟了！」

「的確！」女人又長嘆一聲。顯然老人家把她折騰得不成樣。有時爺爺講起戰爭故事，她會一臉厭倦地翻白眼。她的反應傑克難以接受。爺爺的故事說什麼都比本週暢銷的乳酪要來的有趣。

「半夜有人打電話把我跟你爸吵醒。」

「誰打來的？」

「他樓下的鄰居，你也知道，那個賣報紙的……」

自從去年大房子成爲爺爺的負擔，他就搬到小店樓上的一間小公寓。不是隨便一家小店哦。是一家報攤。不是隨便一家報攤哦。是拉吉開的報攤。

「拉吉？」

「對，就是他。拉吉說他好像在半夜聽到你爺爺的家門砰噹一響。他跑去敲門，可是沒人應門。那個傢伙嚇傻了，所以打來家裡。」

「爸爸呢？」

「他聽到消息就跳上車，已經在外面找你爺爺兩小時了。」

「兩小時？」小男孩不敢相信他的耳朵。「那妳為什麼不把我叫醒？」

媽媽又長嘆一聲。今晚要變成嘆氣馬拉松了。「我跟你爸知道你有多喜歡爺爺，所以不想讓你擔心，對吧？」

「是嗎？我現在還不是會擔心？」男孩頂嘴。事實上，他跟有趣的爺爺比跟家裡的任何人還親，祖孫倆的關係就連爸爸媽媽都比不上。跟爺爺相處的時光總是彌足珍貴。

「我們都很擔心！」媽媽答道。

「我是真的擔心。」

「跟你說，我們也都是真的擔心。」

「跟妳說，我擔心到爆。」

「跟你說，我們全都擔心到心裡十五個吊桶七上八

下。現在不要比誰最擔心好不好！」她火冒三丈地咆哮。

傑克感覺媽媽的壓力愈來愈大，決定還是不要回嗆的好，雖然他才是心裡十五個吊桶七上八下。

「我跟你爸說過一百次該把爺爺送去養老院！」

「不可以！」男孩說。他最了解老人家了。「爺爺說什麼都不會同意的。」

戰時人稱「龐汀中校」的爺爺可有骨氣了，絕對不肯跟那些玩猜字謎和打毛線的老人共度餘生。

媽媽搖頭嘆息。「傑克，你還小，不會懂的。」

傑克跟所有的小孩一樣，不喜歡聽大人說這種話。但現在不是吵架的時候。「媽，拜託啦。我們出去找他。」

「你**瘋了**嗎？外面冷死了！」女人答道。

「我們總不能坐視不管吧！爺爺走丟了，人也不知道在哪兒！」

鈴鈴鈴鈴。傑克衝向電話，比媽媽搶先一步拾起話筒。「爸？你人在哪兒？小鎮廣場？嗎？媽剛說我們應該出門幫你一起找爺爺欸，」他撒謊道，母親同時怒火中燒地瞪他一眼。「我們會盡快趕去。」

小男孩放下話筒，牽起媽媽的手。

「爺爺需要我們……」他說。

傑克開門，這對母子檔便奔入黑暗。

4 三輪車

小鎮的夜裡出奇陌生。一片漆黑、悄然無聲。正值隆冬時節。空氣中瀰漫著霧氣，下過一場大雨，地面還是濕的。

爸爸把車開走了，於是傑克踩著三輪車上路。照理說，這台三輪車是給學走路的小孩騎的。其實這台二手三輪車是小男孩的三歲生日禮物；幾年前起他長高長大，車子就不好騎了。可是家裡沒錢，沒辦法買新的腳踏車給他，所以他只能將就點騎。

媽媽站在後面，抓住他的肩膀。傑克心裡有數，假如被班上同學發現他騎三輪車載媽媽，他這一輩子都只能孤伶伶地住在遠得要命又伸手不見五指的山洞了。

傑克盡全速在街上踩三輪車，腦海裡播著爺爺的樂隊軍歌。就一台學步娃兒的三輪車來說，它外觀輕巧，騎起來卻有如一頭千斤重的猛戰，何況媽媽還站在他身後，粉紅色的絨毛睡袍隨風飄逸。

傑克的思緒隨著三輪車的輪子轉動。小男孩比任何人更親近爺爺，想必猜得到爺爺人在哪兒吧？

途中一個人影也沒見著，母子檔

最終抵達了小鎮廣場。映入眼簾的景象教人不忍卒睹。

身穿浴袍和睡褲的爸爸彎腰駝背地坐在家裡那輛褐色小車的方向盤後。即使隔了一段距離，傑克仍看得出來這個可憐的傢伙再也撐不住了。過去這兩個月來，爺爺已經從家裡跑掉、走失七次了。

爸爸一聽見三輪車騎近，便在座椅上挺直腰桿。傑克的父親身材精瘦、臉色蒼白。他戴著眼鏡，看起來比實際年齡更老。他的兒子時常懷疑是因爲娶了媽媽，這個可憐的傢伙才會未老先衰。

爸爸用睡袍的衣袖揉眼睛。看得出來他哭過。傑克的父親是會計師，他從早到晚都在算無聊的數學，不擅長用言語表達情感。不過，傑克知道他爸很愛爺爺，只是兩人的性格有如天壤之別，彷彿冒險犯難的熱情硬是隔代遺傳。老人家鍾愛衝破雲霄，他的兒子卻喜歡埋首於寫滿數字的帳簿。

「爸，你還好吧？」小男孩問道，腳踏車踩得他上氣不接下氣。

父親搖下車窗要跟他們說話的時候，把手竟然被他搖掉了。這輛車老舊鏽蝕，零件脫落是常有的事。

「沒事，沒事，我好得很。」爸爸睜眼說瞎話，將把手舉在半空，不曉得該拿它怎麼辦。

「還是沒老人家的下落？」媽媽明知故問。

「沒，」爸爸輕聲答覆。他轉頭迴避他們的目光，直視前方，不願讓人發現他有多苦惱。「我找他找了好幾小時，把整個小鎮都翻遍了。」

「公園找過了嗎？」傑克問道。

「找過了。」爸爸說。

「火車站呢？」

「找過了。晚上都鎖起來了，不過車站外一個人也沒有。」

這時傑克靈光乍現，瞬時脫口而出。「戰爭紀念館呢？」

男人將視線移回兒子身上，悲從中來地搖搖頭。「我第一個就是找那裡。」

「好，那沒輒了！」媽媽宣布。「報警吧。警察可以徹夜找人。我要回去睡覺了！明天乳酪專櫃要做溫斯利戴乳酪的大促銷，我得展現最美的一面！」

「不行！」傑克喝斥。小男孩常在夜裡偷聽爸媽討論爺爺，所以知道報警的話，情況將一發不可收拾。一旦報案，警察就會質問他們，要他們做筆錄。到時候老人家會成為一號「麻煩人物」。醫生會對他詳加調查，基於病情嚴重，爺爺肯定會被送去養老院。對爺爺這種一輩子享受慣自由與冒險的人來說，住養老院形同入監服刑。所以他們非找到他不可。

『上青天，上青天，開飛機遠走高飛……』男孩咕噥道。

「兒子，你說啥？」爸爸疑惑地問他。

「我們在他家玩飛官遊戲的時候，爺爺總是這麼對我說。飛機起飛時，他嘴裡總是唸著**『上青天，上青天，開飛機遠走高飛。』**」

「所以呢……？」媽媽問道。她一面翻白眼，一邊嘆氣。感覺加倍倒霉。

「所以……」傑克接話。「我知道爺爺人在哪兒了。在很高的地方。」

小男孩絞盡腦汁地想鎮上哪棟建築物最高。過了一會兒，答案浮現腦海。

「跟我來！」傑克驚天動地叫了一聲，然後使出全力踩三輪車，在馬路上疾馳。

5 月光下的傻瓜

鎮上的至高點原來是教堂尖塔。它是本地的地標，好幾公里遠之外就能看到它。傑克有預感爺爺可能想爬上去。前幾次他走失就常被人在高處尋獲，兒童攀緣架的頂端、梯子上，有次還爬到雙層巴士的車頂。彷彿他非得碰到天際，跟多年前他當皇家空軍飛官一樣。

當教堂映入眼簾，隱約可見有個男人坐在尖塔塔頂的黑色輪廓。垂掛夜空的銀月光芒完美襯托著老人家。

傑克一見到爺爺，就料到他以爲自己在幹麼——開他的噴火式戰鬥機。

高聳的教堂下站了個矮牧師。

霍格牧師的髮型是條碼頭，寥寥可數的髮絲染成黑色，黑到看起來偏藍。他那雙如硬幣的小眼睛藏在黑框眼鏡後方。牧師的眼鏡擱在小豬般的朝天鼻上，而他老是一副高高在上，用鼻孔看人。

傑克一家不常去教堂，所以傑克只能見到在小鎮溜達的牧師。有次他看見霍格牧師從便利商店搬了箱看起來很名貴的香檳。還有一次，傑克可以對天發誓他看見這位仁兄開著一輛全新蓮花跑車，明目張膽地駛過街頭，嘴裡還抽著一根大雪茄。傑克不禁納悶：牧師不是應該幫助窮人，怎麼會揮金如土？

午夜時分，霍格牧師身上還穿著睡衣。他的裕袍和睡褲都是最高級的絲綢，那雙紅色天鵝絨拖鞋上還用精美字體繡著「國教」（代表英國國教會）。他手腕上戴了一條粗粗的鑲鑽金錶，顯然是個喜歡享受豪奢的人。

「給我下來！」霍格牧師對老人家咆哮的同時，傑克一家人也正穿過墓園疾馳而來。

「他是我爺爺！」傑克吼道，使勁踩三輪車再次令他氣喘如牛。霍格牧師一口雪茄臭味，小男孩受不了這種味道，一聞到就有點想吐。

「是哦，那他來我教堂屋頂上幹麼？」

「牧師，我很抱歉！」爸爸嚷嚷道。「他是我爸。老糊塗了……」

「那應該好好把他關起來！他已經移了好幾塊我屋頂的鉛片！」

一群貌似凶神惡煞的男人從墓碑後現身。他們全都剃光頭、身上刺青、嘴裡缺牙。由於男人身穿工作褲、手又握著鏟子，傑克猜他們是盜墓人。不過，在這死寂的夜裡盜墓似乎怪怪的。

其中一個盜墓人把手電筒遞給牧師，後者拿它對準老人家的雙眼。

「馬上下來！」

但爺爺還是沒有回應。他一如往常沉醉在自己的世界。

「握穩方向舵。保持航向，報告完畢。」他無視旁人地說。看樣子他眞的以為自己正駕駛著心愛的噴火式戰鬥機翱翔天際。

「龐汀中校返回基地，報告完畢。」他繼續往下說。

「他到底在碎碎唸什麼？」霍格牧師問道，接著輕聲嘀咕：「這個傢伙頭殼壞去沒救了。」

其中一個盜墓人虎背熊腰、剃了顆光頭，脖子上還刺蜘蛛網。他扯開嗓門：「牧師，我幫你拿氣槍來怎樣？開幾槍保管他馬上屁滾尿流地爬下來！」

他的同夥聽了紛紛竊笑。

氣槍！如果要爺爺平安落地，男孩的腦筋非得要動快一點。「不行！讓我試試看！」傑克靈機一動。「這裡是基地，報告完畢。」他仰天呼叫。

大人們全都不可置信地望著他。

「龐汀飛官聽得一清二楚，」爺爺答覆。「目前的巡航高度是二千英尺，對地速度是每小時三百二十英哩。巡視整晚但查無敵機，報告完畢。」

「任務完成，長官，返回基地。」傑克說。

「收到！」

底下的那群人詫異地抬頭，看依舊坐在教堂尖塔上的老人家幻想降落。爺爺百分百認爲自己坐在戰機的駕駛艙，甚至做出關掉引擎的動作。然後他拉開隱形的座艙罩，爬了出來。

爸爸閉上眼。他怕看見父親墜地，一刻也看不下去。傑克則是驚恐地瞪大雙眼，眨都不敢眨一下。

老人家從尖塔爬到屋頂。他一度在窄窄的尖頂上呆站不動，然後無牽無掛地沿著尖頂走起來。可是，爺爺往上爬的時候移動了鉛片，使屋頂凹了一塊，所以現在才沒走幾步就……

絆了一跤！

飛到半空。

「不！」傑克驚呼。

「爸！」爸爸吼道。

「啊！」媽媽尖叫。

牧師和盜墓人則是無情地隔岸觀火，看得出神。

老人家從屋頂滑下來，沿途又移了好幾塊牧師的寶貝鉛片。

啪啦！

哐啷！

鉛片碎滿地的同時，爺爺衝向屋簷。

咻！

但說時遲，那時快，

老人家竟不慌不忙地抓住雨水槽，緊急煞車。他瘦弱的雙腿在夜空擺動，拖鞋敲打著教堂的彩色玻璃窗。

「不要弄壞我的窗戶！」牧師怒吼。

「爸，你要撐住啊！」傑克的父親叫道。

「早說要報警的。」媽媽這麼說只是落井下石。

「我明天一早要幫人洗禮欸！」霍格牧師嚷道。「總不能花整個早上在地上清理你爺爺的屍塊吧！」

「爸？爸？」傑克的父親呼喚。

傑克沉思片刻。假如他反應再慢一點，可憐的爺爺肯定會摔死。

「這麼叫他不會回的，」小男孩說。「讓我來。」然後傑克再次揚高音量。「中校？我是少校！」

「啊，你來啦，老小子！」爺爺從雨水槽那頭往下喊。如今老人家把傑克的假名當作眞的。爺爺相信小男孩是他的空軍同袍。

「沿著機翼往右移動。」傑克仰天吶喊。

爺爺愣了一下，然後答覆：「收到。」不一會兒，他的雙手開始沿著雨水槽一扭一擺地移動。

傑克的方法令人始料未及，但神奇奏效。如果想跟

爺爺溝通，就得先進入他的世界。

傑克發現教堂側面有條排水管。「中校，看到右邊那根柱子了嗎？」男孩吼道。

「看到了，少校。」

「長官，緊抓住它，再慢慢滑下來。」

爸媽倆倒抽一口氣，摀住嘴巴，看爺爺像個特技演員從雨水槽盪到排水管。他抓牢排水管頂部，有那麼一會兒看似安然無恙。不過，想必因爲排水管無法負荷他的重量，突然從牆壁脫落，迅速向下彎折。

排水管**嘎吱**作響。

傑克是不是說錯話了？他會不會害自己親愛的爺爺自由落體般地墜地？

「不要啊啊啊啊啊！」小男孩哭喊道。

6 失控的推土機

結果教堂的排水管居然沒有啪嚓斷開，反而在老人家的重量下慢慢下彎，傑克這才鬆了一口氣。

最後他平安落地。

爺爺拖鞋一碰到墓園濕潤的草地，便抬頭挺胸地走到圍觀的衆人前，向他們行禮。「各位，原地解散。」

媽媽一臉快要氣炸了。

「中校？」小男孩說。

「請讓我護送你上車。我們很快就會送你回軍營。」

「老小子，眞有你的！」爺爺接話。

傑克挽著他的胳臂，領他進家裡那台生鏽的老爺車。他一開車門，門把就徹底掉下來。他將爺爺穩穩當當地安置在後座，再關上車門，讓老人家在寒冬夜取暖。

接著傑克穿過墓園奔回原地，聽見霍格牧師對他父母說：「老先生瘋瘋癲癲的！該關起來才是……」

「他好得很，多謝你的關心！」傑克硬是插嘴。

牧師低頭望著男孩微笑，像鯊魚咬人之前那樣露出牙齒。傑克看出男人在動歪腦筋。牧師的口氣突然一百八十度大轉變。「兩位怎麼稱呼……？」他又打開話匣子，這回顯得仁慈友愛。

「龐汀。」爸媽異口同聲地答覆。

「龐汀先生和太太，我當了這麼多年的牧師，使這個教區的老人家日子過得無比安逸，現在也非常樂意幫助你們家的長輩。」

「哦，這麼好？」媽媽說。她馬上被他的油腔滑調迷惑。

「沒錯，龐汀太太。其實呢，我知道有個好到極點的地方，可以送他去住。最近才剛開張，因爲之前的養老院在一場意外被失控的推土機拆毀了。」

傑克透過眼角餘光，看見盜墓人詭祕地笑了笑。男孩雖說不上來哪裡不對勁，卻感覺事有蹊蹺。

「是，鎮上的報紙報導過，」爸爸回話。「失控的推土機？誰料得到呢？」

「上帝做工的方式充滿奧祕啊！」霍格牧師答覆。

「牧師先生，您知道嗎？」媽媽繼續往下說。「這事我跟他們父子倆說到都快斷氣了還是沒用。不過跟我一起在乳酪區站櫃的吉兒倒覺得我有道理。」

「原來妳是賣乳酪的櫃姐啊？」霍格牧師問道。「怪不得我覺得聞到斯提爾頓的乳酪味。」

「答對了！」媽媽說。「我們的名產之一。眞是飄香千萬里呀，牧師先生，您說是吧？」

爸爸翻了個白眼。

「總之吉兒贊成我的想法，」媽媽轉回話題。「養老院是他的最佳去處。」

傑克望著父親猛搖頭，但男人假裝沒發現兒子的這個舉動。

「那裡環境好不好？」爸爸問道。

「龐汀先生，不好的話我怎麼會推薦給你呢，」牧師柔情低語。「那裡好得不得了。簡直就是老人家的迪士尼樂園。唯一的問題是：太多人搶著要進去了……」

「眞的假的？」爸爸問道。現在他也被牧師的三寸不爛之舌唬得一愣一愣。

「眞的，一位難求啊！」霍格牧師說。

「既然這樣，那就算啦，」傑克說。「反正他也進不去。」

牧師臉不紅氣不喘地繼續扯。「幸好我跟養老院的女總管有老交情。豬玀夫人和藹可親，而且貌美如花，等你們見著她，一定也會這麼覺得。假如你們有意願，我可以請她讓老爺爺插個隊。」

「牧師先生，您眞是個大好人。」媽媽說。

「養老院叫什麼名字？」爸爸問道。

「暮光之塔，」霍格牧師答覆。「離這兒不遠。就在荒原邊上。我現在就可以打給豬玀夫人，叫我其中一個手下今晚送他過去，你們意下如何……？」

「那眞是替我們省了個麻煩。」媽媽贊同道。

「不可以！」傑克抗議。

爸爸設法讓一家人達成共識。「那麼，牧師，多謝您了，我們會再考慮一下。」

「才不會呢！」傑克抗議。「爺爺絕對不會去住養老院的！**絕不會！**」

傑克一發完飆，爸爸馬上就領著妻小往車子那頭走，畢竟爺爺一直在車上耐心等候。

傑克尾隨在爸媽身後，牧師趁他父母離開聽力範圍，轉身壓低嗓門對他說：「小朋友，我們走著瞧……」

7 老人家的迪士尼樂園

他們一家回家時都快天亮了。傑克設法說服父母讓爺爺在他們家過夜，而非孤伶伶地回自己的公寓。

小男孩用他覺得爺爺能理解的話跟他溝通。「這一帶在執行敵軍偵察任務，所以上將命令你換營區。」

沒過多久，爺爺就在男孩臥室的下鋪熟睡，鼾聲響徹英格蘭。

呼嚕呼嚕！呼嚕呼嚕！

呼嚕呼！呼嚕呼嚕！

老人家八字鬍的末端隨著呼吸被吹得時起時落。

小男孩輾轉難眠，今夜的歷險仍教那顆心在胸口砰砰直跳，他索性靜悄悄地溜下上鋪。他一如往常，可以隱約

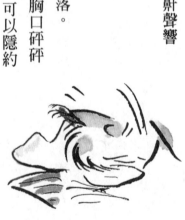

聽見樓下傳來講話聲，也想把父母說的話聽個仔細。他已經是老江湖了，悄然無息地打開臥室的門。他坐在樓梯頂層的地毯上，一隻耳朵鑽進兩根欄杆間。

「牧師先生說得對，」媽媽說。「養老院是他的最佳去處。」

「芭芭拉，這很難講，」爸爸表示異議。「父親不會喜歡那兒的。」

「你沒聽見好好先生說的話嗎？牧師先生形容的**暮光之塔？**」

「他說那裡就像『老人家的迪士尼樂園』？」

「完全正確！雖然應該沒有雲霄飛車、木舟急流，也沒人假扮成大老鼠，但聽起來很不賴啊。」

「可是——」

「人家牧師在教會裡服事欸！他絕對不會說謊的！」媽媽兇巴巴地說。

「或許他說的是事實。但是父親無拘無束慣了。」

「沒錯！」媽媽帶著得意的語氣答覆。「無拘無束到我們在半夜發現他跑到教堂屋頂！」

樓下陷入片刻沉默。對此爸爸無話可說。

「聽我說，貝里，不然還能怎麼辦？」媽媽繼續說。「老人家已經威脅到自身安危了。差那麼一點就要從屋頂摔死咧！」

「我知道，我知道……」爸爸咕噥道。

「所以呢？」

「或許這麼做最好。」

「那就這麼說定了。明天就開車送他到**暮光之塔**。」

傑克在樓梯頂層偷聽，一顆淚珠湧出他的眼眶，緩緩滾落臉頰。

8 有話直說

隔天早上爺爺一如往常地吃早餐，彷彿什麼事都沒發生。老人在家中廚房大塊朵頤地吃煎蛋和培根，看樣子他對昨晚戲劇化的事件毫無印象。

「我還要麵包！丫鬟，麻煩動作快，快點上菜！」他下指令。

媽媽不喜歡別人把她當某種佣人看。「丫鬟」是古代對清潔女工的稱呼。她指望丈夫挺身而出，但爸爸卻假裝在看報。兩塊白麵包被啪答一聲扔到桌面，爺爺旋即拿它把餐盤上的油脂吸光。

他邊狼吞虎嚥地吃麵包邊說：「丫鬟啊，下回麵包要先炸過！」

「哦，下回是吧?!」媽媽諷刺地說。

傑克情不自禁地展露笑容，笑意怎麼也隱忍不住。

老人家喊了一聲：「飲落去！」，再唏哩呼嚕地喝茶。無論爺爺喝什麼，都會喊這麼一句。

「爸，媽，我在想啊，」小男孩宣布。「既然我這麼晚才起床，乾脆今天不去上學了。」

「你說啥？」媽媽反問他。

「對啊。我可以留在家裡照顧爺爺。說真的，或許我應該請一整個禮拜！」

傑克不怎麼喜歡上學。他才剛滿十二歲，所以換到另一所大學校上課，至今還沒交到半個朋友。其他小朋友好像只對當紅的明星或無聊的小玩意兒感興趣。那年是一九八三年，很多小孩在課堂上會在桌子下偷玩魔術方塊。傑克找不到任何跟他志同道合、喜愛飛機模型的人。他第一天上學只是因為提起飛機模型，就被幾個高年級男生嘲笑。因此，傑克學會把嘴閉上。

「小朋友，今天你要給我去上學！」每次只要兒子做錯事，媽媽就會叫他小朋友，「貝里，你跟他說。」

爸爸從報紙前揚起目光。「這個嘛，昨天搞到那麼晚……」

「貝里！」

男人腦筋一轉，決定還是別跟母老虎唱反調比較保險，所以話鋒一轉，「……但怎麼說你都不該缺課。還有以後母親大人說東，請你別往西走。」最後他哀怨地補了一句：「像我就是乖乖牌。」

接著，女人相當高調地往丈夫肩上戳了一下，要他對爺爺的事做重大宣布。眼見爸爸沒馬上回應，她再戳他一下。這次力道大到他叫出口：「哎喲！」

「貝——里——」她催促他。每次媽媽想叫爸爸做某件事的時候，總會詭異地把他的名字拉長。

爸爸放下報紙，慢條斯理地折了又折，拖延開口的時間。他直視父親。

傑克擔心最糟糕的事就要發生了。

現在爸爸是不是打算跟爺爺說他要被送去**暮光之塔**了？

「爸，聽我說。你要知道，我們都很愛你，一切也都爲了你好……」

爺爺唏哩呼嚕地喝茶。沒人知道他到底有沒有把兒子的話聽進去，畢竟他眼底沒有閃現一絲光亮。爸爸又從頭來過，這回放慢速度又加大嗓門。

「你……有在……聽我……說話嗎？」

「軍校生，有話直說！」爺爺答覆。傑克詭秘地笑了。爺爺給爸爸的軍階比他低得多，這讓小男孩樂不可支。

英國皇家空軍飛官階級如下——

 軍校生（雜碎中的雜碎）

 准尉（雜碎裡的頭子）

 少尉（開始脫離雜碎圈了）

 中尉（可以再爭氣一點）

 上尉（不賴）

 **少校**（更好）

 **中校**（好上加好）

 **上校**（哦，幹得好）

 **准將**（不簡單嘛！）

 **少將**（鄉親父老以你爲榮）

 **中將**（出國比賽拿冠軍！）

 **上將**（加油，快當上老大了）

 **元帥**（一人之下，萬人之上）

爸爸（或如爺爺所稱的「軍校生龐汀」）先深呼吸，再從頭說起。「是這樣的，我們都很愛你，也一直在想，其實呢，這是……呃……丫鬟……」

媽媽惡狠狠地瞪爸爸一眼。

「……我是說，這其實是芭芭拉的主意。不過經歷昨晚發生的事，我倆已達成共識，覺得這麼做最好，所以要請你……」

傑克非得說句話，說什麼都無所謂，只要能爲爺爺爭取一點時間就好。於是，爸爸還沒來得及把話說完，小男孩便脫口而出：「……今天陪我上學！」

9 彩色粉筆

傑克懇求他的歷史老師眞理夫人，讓他這學期帶爺爺來上課。新學期已開始念二戰歷史。還有誰比親身參戰的老兵更適合當活教材呢？更重要的是，其他同學也能見識到他的爺爺有多酷。或許這樣一來，蒐集飛機模型就不會那麼可悲了吧？

眞理夫人這位女士長得又高又瘦，花邊襯衫一路扣到下巴，長裙拖到腳踝。她的眼鏡用一條銀鍊繫著，垂到脖子上。這種老師有種莫名的魔力，能把科目教到無聊至極。歷史應該要激動人心，在千萬個故事中，正派英雄與邪惡勢力造就了世界的命運；還有嗜殺成性的國王與皇后；衝鋒陷陣的戰場；難以言說的各式酷刑。

可惜的是，眞理夫人的教學方式索然無味。這位女士只會在黑板上用她心愛的彩色粉筆寫下日期和名稱，然後讓學生把這些統統抄進練習簿裡。「事

實！事實！事實！」她會邊吟誦，邊飛快地寫板書。她只在乎事實。有次上歷史課，全班男同學都爬出窗外，參加操場上踢到難分難解的一場足球賽。眞理夫人甚至沒發現他們不見了，因爲她從頭到尾都沒從黑板前轉身。

說服歷史老師讓爺爺來上課，在某種程度上來說並不容易。最後傑克得跟地方上的報攤買一整組的彩色粉筆來賄賂她。不過算他走運，店老闆拉吉爲這組「奢華」粉筆做特價促銷。只要買一盒過期的巧克力乳脂糖就附贈粉筆。

爺爺拖拖拉拉，害他的乖孫遲到，幸好歷史課在第二節。首先，傑克得花點工夫讓老人家相信他所說的「學校」，千眞萬確就是皇家空軍飛官念的「空軍官校」，而不是地方上普通的綜合中學。再來，穿過公園原是爲了「抄捷徑」，如今卻成了「繞遠路」。爺爺說什麼都要爬上公園最高的樹頂，好「監看有無敵機出沒」。結果從樹頂爬下來比爬上去要花更多更多時間，到頭來傑克得跟附近的窗戶清潔工

借梯子，連哄帶騙地把爺爺請下來。

最後祖孫倆終於走進校門，傑克看了一眼他皇家空軍發行的錶，這才驚覺歷史課已經開始上十分鐘了！眞理夫人唯一的大忌就是遲到。小男孩走進教室，立刻吸引所有人的目光。傑克羞紅了臉。他不喜歡當衆所矚目的焦點。

「小朋友，爲什麼遲到？」眞理夫人從黑板前猛一轉身咆哮。

傑克還來不及回話，爺爺便一腳踏進教室。

「太太，龐汀中校任您差遣。」他邊說邊行禮，然後鞠躬親吻老師的手。

「我名叫眞理夫人。」她一邊答話，一邊緊張兮兮地掩嘴竊笑。爺爺對老師獻殷勤，這招顯然把她迷得七葷八素。大概很久沒有紳士像這樣把她捧在手心了。老師咯咯竊笑，惹得全班也跟著偷笑。眞理夫人使出她威震八方的殺氣眼神，班上立刻鴉雀無聲。她的目光

冷若冰霜，制伏噪音總是馬上見效。

「龐汀先生，請入座。我怎麼完全不知道您今天要來！」她瞪了傑克一眼。小男孩對老師擠出溫暖的笑容。「不過既然您都來了，我們可要好好把握這難能可貴的機會。想必您要和大家分享您在二戰期間擔任戰機駕駛的心路歷程吧？」

「收到！」爺爺答覆。

老師回頭看，以爲有哪位名叫「周濤」的同學進教室。「誰是周濤？」

「老師，爺爺是說『知道了』。」傑克高聲回覆。

「小朋友，發言前要先舉手，」她訓斥道，隨後又面向傑克的爺爺。「我們才剛開始讀不列顛之役。能不能請您跟大家分享參戰的親身經歷？」

爺爺點了個頭，捻他那令人驚豔的八字鬍末端。「太太，沒問題。從不列顛之役開戰的那天起，我們就得知敵軍打算大幹一場。希特勒的主張就是殺個片甲不留。雷達偵測到一大中隊的納粹勇克轟炸機飛來沿岸，其中還有梅塞施密特戰鬥機護航，戰機多到天空都成了黑壓壓的一片。」

坐在教室後排的傑克得意地眉開眼笑。老人家說的每句話都讓全班聽得如癡如醉。有那麼一下他覺得自己是全校最酷的小孩。

「**時間分秒必爭**。敵軍風馳電擊般大舉入侵。假如不即刻起飛，我軍的戰機就會被他們在陸地殲滅。」

「**不會吧，**」教室前排有個聽得入迷的女生驚呼。

「**是真的！**」爺爺繼續往下說，「再不行動，整座飛行場就會燃起熊熊大火。我的中隊率先緊急起飛應戰，而身為

中校的我當然要帶頭衝。一眨眼間，我們全都駕機升空。**上青天，上青天，開飛機遠走高飛。**我把噴火式戰鬥機油門催到時速三百英哩……」

「**哇賽**！」後排有個男生發出驚嘆，並從足球雜誌前揚起目光。「時速三百英哩！」

「上將用無線電告知我軍寡不敵眾，戰機的數量是一比四。所以我腦筋要動快點。我們必須出奇制勝。我命令中隊在雲層上方蟄伏，先按兵不動，動敵軍靠的近到不能再近，我們就**出擊**！」

「那麼，龐汀先生，那是幾月幾日的事？」老師打岔道。「我得用紅色粉筆寫在黑板上。紅色粉筆只能用來寫日期。」

眞理夫人對於板書有嚴格的色彩規範——

紅色粉筆—日期
綠色粉筆—地點
藍色粉筆—事件
橘色粉筆—著名戰役
粉紅色粉筆—名言引述
紫色粉筆—國王與皇后
黃色粉筆—政治人物
白色粉筆—軍事領袖
黑色粉筆—在黑板上不顯色。少用。

爺爺思忖片刻。傑克緊張到胃痙攣，他知道記日期不是老人家的強項。

不過最後爺爺還是胸有成竹地說：「七月三日，十一點整。我記得一清二楚！」

老師在黑板寫下這些**事實、事實、事實**，爺爺話當年的同時，紅色粉筆也嘰嘎作響。

「於是我等到最後一刻。一看到第一架梅塞施密特戰鬥機鑽出雲端，我就下令。」

「俯衝！」

「那是哪一年的事？」

「太太，您說什麼？」

「那是哪一年的事？」眞理夫人緊咬不放。

這下糟了。老人家的臉茫然到一片空白。

10 事實、事實、事實

坐在後排的傑克連忙幫爺爺解危。「老師，您別一直丟問題打岔……」

「這可是歷史課！我們要的是**事實**！**事實**！**事實**！」眞理夫人答覆。

「老師，請先讓中校把故事說完嘛，然後再來講確切日期。」

「好吧，」歷史老師咕噥道。她緊抓紅色粉筆，一副蓄勢待發的模樣。

「龐汀先生，請繼續。」

「太太，謝謝，」爺爺說。「那現在講到哪兒啦？」

顯然可憐的老人家已經搞不清故事的脈絡了。幸好他的乖孫爭氣，這則故事他熟得倒背如流，這段英勇軼事他百聽不厭。傑克幫爺爺提詞。「你看見第一架梅塞施密特戰鬥機，然後下令——」

「俯衝！帥耶，沒錯！我率領的中隊架著噴火式戰鬥機一破雲霄、往下衝，就立刻發現這場仗不是你死就是我活。」爺爺的雙眼炯炯有神。往事歷歷

在目，彷彿是昨天才發生的事。「雷達估計總共有一百架戰機，可是目測更接近二百架！一百架勇克，一百架梅塞施密特。但我們這個中隊只有二十七架噴火式戰鬥機。」

小朋友聽得心神嚮往。眞理夫人則忙著在黑板上將她寶貴的**事實、事實、事實**寫成一排色彩繽紛的文字和數字——比方雙方陣營各有多少架戰機。她一寫完，馬上就換成（只用來標註日期的）紅色粉筆，張嘴像是打算要講話，不過一個字都來不及說出口，全班就**「噓」**她。

如今爺爺興致一來，口若懸河。小朋友全像被他施了魔法渾然忘我。「我按下機關槍，戰爭旋即爆發。戰情令人亢奮，卻也同樣驚心動魄。天際瀰漫著子彈以及煙和火。」

砰！

我擊中生平第一架的梅塞施密特戰鬥機。

納粹空軍駕駛從機上跳傘。

砰！

又擊中一架！

「我們當天的任務是擊落勇克轟炸機，因爲它們最爲致命。那些轟炸機承載了好幾公噸的炸藥。假如我軍沒能及時阻止，炸彈就會下雨般地落在倫敦的男女老幼身上。高空中槍林彈雨像是戰了幾個鐘頭。那天英國皇家空軍想必擊落了五十架敵機，其他的納粹戰機有許多架嚴重受損，德軍只好快快撤回英吉利海峽的彼岸。那天我的中隊回基地，受到英雄般的歡迎。」

全班同學熱烈地鼓起掌來。

「好耶！」

11 傳奇人物

等掌聲逐漸在班上平息，爺爺便重啓話閘子。「但這可不是慶功的時機，我們知道敵軍很快就會捲土重來，而且陣容會比之前更加浩大。不列顛之役正式拉開序幕了。我的中隊在那天折損了四名英勇的弟兄。」

老人家雙眼泛著淚光。

全班坐著，驚愕地說不出話來。原來上歷史課也能這麼激盪人心！

坐在傑克隔壁的男同學面向他低語：「你的爺爺眞是一號傳奇人物！」

「我也這麼覺得。」傑克微笑著回答。

「龐汀先生，謝謝您抽空前來，」眞理夫人高喊一聲，破除了沉醉歷史的魔咒。「現在快要下課了，紅色粉筆我也備妥多時。我們必須把那些**事實**、

事實、事實統統記下！所以，請告訴我們這是哪年發生的事？」

「**哪年？**」爺爺覆述道。

「對。我要寫在黑板上。如果我的學生希望下學期可以考試及格，就得知道**事實、事實、事實！事實**永遠不嫌多。」

老人家大惑不解地望著老師。「是今年發生的事啊！」

「今年，什麼意思？」老師問他。

「**太太，就是今年啊。一九四〇年。**」

全班不安地竊笑。傑克在座位上不自在地動來動去。

眞理夫人又賞給全班她那遠近馳名的驚魂一瞪，班上再次陷入沉默。「**你真的認為今年是一九四〇年？**」

「**是啊，今年當然是一九四〇年！**現任的君主是國王喬治六世。首相是邱吉爾先生。」

「不不不，龐汀先生。**今年是一九八三年！**」

「不可能！」

「是眞的。現任的君主是女王伊麗莎白二世。首相是了不起的柴契爾夫

人。」

爺爺一副不可置信。事實上，他瞪老師的眼神活像把她當成**瘋婆子**！

「夫人！女人當首相?! 太太，妳一定有哪根神經不對勁！」

「龐汀先生，我才覺得您有哪根神經不對勁呢！好了，多謝您來這一趟，讓我們增廣見聞，」老師挖苦地說。「那就不送了。」貞理夫人像趕鴿子那樣把爺爺請下座位，並對全班低聲咕噥：「別忘了，老傢伙說的一個字都不用抄！他連今年是哪一年都搞不清楚，腳上還穿著拖鞋！」

可憐的爺爺站在教室前面，剛才彷彿翱翔高空，如今卻像緊急著陸。傑克也不免替他心疼。

噹啷噹啷！

鐘聲打得正是時候。下課第一次讓男孩感到這麼如釋重負。

小朋友東搖西晃地走出教室，傑克用擠的穿過其他孩子，到前面去找爺爺。這節歷史課使他從天堂掉到地獄。

就在傑克正要走到爺爺跟前的那一刹那，貞理太太把他叫住。「傑克？借一步說話好嗎？」

「長官，等我一下，」小男孩一邊對爺爺說，一邊步伐沉重地走向老師。

「跟我保證再也不會帶你爺爺到我班上，」女人嘶聲說道。

「我保證！」傑克氣鼓鼓地答覆。「絕不會再帶他來了。」

小男孫猛一轉身，牽起爺爺的手。老人家的手摸起來幾乎與孩童無異。又軟又滑。

「中校，走吧。我們回基地。」

「不懂……我搞不懂，」老人家犯嘀咕。「簡報不清楚嗎？我是不是讓你失望了？」

看爺爺這麼委屈，實在很難不爲他掬一把淚。可是傑克打定主意要堅強以對。「不，中校，沒這回事。你從沒讓我失望，以後也絕不會。」

12 翹課

傑克以前從沒翹過課；不過，他知道今天必須確保爺爺平安回家。老人家的腦袋比以往更糊塗了。眞理夫人徹底摧毀了爺爺的信心，如今他走起路來都有點搖搖欲墜。

小男孩絕不會打電話通知爸媽。如果他們知道爺爺造訪校園有多失敗，很可能會馬上把他送進**暮光之塔**。所以還是由傑克親自送爺爺回家最保險。

祖孫倆快到公寓時，看見拉吉在小店污穢的窗前。這位報攤老闆正忙著秀他的藝術天分。他以相當超現實的手法擺設本週的兩項主打特價品——甘草糖和足球卡。他將甘草糖裹在卡片周圍，使得兩項商品看起來極度不討喜。拉吉一瞧見

傑克跟他爺爺，就衝出小店打招呼。「啊！邦汀先生！邦汀少爺！」
「是龐汀啦！」傑克糾正他的發音。
「我就是這麼說的啊！」拉吉抗議。「邦汀！」
傑克跟其他小朋友一樣，非常喜歡這位報攤老闆。他總是散播歡樂。
「那麼，我最愛的老主顧邦汀先生今天好嗎？你半夜離家搞失蹤，眞把我嚇出一身冷汗欸。」
「啊，端茶的！你在這兒啊！」爺爺吆喝道。
「短差的？那是什麼鬼啊？」傑克問。他從沒聽過這個詞。
拉吉輕聲回覆男孩：「我問過待在印度老家的爸爸。他說那是給人奉茶的印度人——二戰期間也會給英國士兵端茶。你爺爺腦袋好像愈來愈糊塗咧。」
「端茶的，在嘟囔什麼？」爺爺一邊咆哮，一邊吃起過期的巧克力棒。
「長官，沒事！」拉吉答覆。「我覺得陪他演下去省事多了。」他低聲對傑克補了一句。
「同意，」小男孩回他。「是這樣的，我想請你幫忙送他上樓休息。」
「小朋友，沒問題。不過上樓之前，有沒有興趣買一本一九七五年發行的

《電視時報》呀？」

「不了，拉吉，謝謝。」

報攤老闆還是不死心。「現在電視上很多都嘛重播，所以這本雜誌還是挺管用的。」

「我們眞的該送他上樓了。」

「沒問題。那這顆太妃糖巧克力你要付我多少？有人把巧克力舔掉了，中心的太妃糖也沒了。」報攤老闆邊說邊從口袋掏出一張紫色閃閃發亮的紙。

「拉吉，這只剩包裝紙而已！」

「所以才算你半價。」

「根本沒甜味了！」

「還是可以聞包裝紙啊！」

「端茶的，謝謝你啊，聊夠了吧！」爺爺打岔的同時，不忘多塞幾根過期的巧克力棒到口袋，留著之後吃。「我的午睡時間到了！」

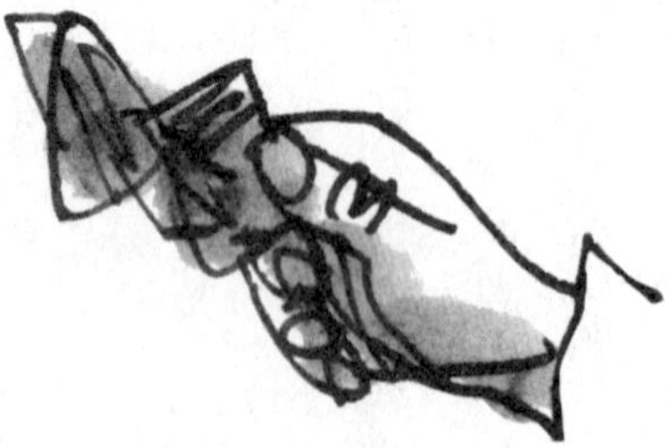

安頓老人睡覺的感覺好怪。以前都是爺爺哄傑克上床的，直到最近才有了

改變，兩人角色互換。

爺爺近來在白天便感到疲倦，所以每天吃完午餐會睡一小時的午覺。拉吉暫時關店，跟傑克一塊兒護送爺爺上樓。

「小憩片刻！」爺爺總是這麼稱他的午睡時間。拉吉拉上臥室邊緣磨損的窗簾，傑克則忙著理老人家的毛毯。

「少校，麻煩你確認我的噴火式戰鬥機加滿油了，好嗎？這樣萬一要緊急起飛應戰，我才能即刻行動！納粹空軍隨時都會捲土重來。」

「好，爺爺，沒問題。」傑克不假思索地答覆。

「誰是『爺爺』？」他質問道，整個人看起來格外清醒。

「長官，我是說，中校，沒問題。」傑克又行了個禮，爲假象錦上添花。

「好多了，同志。現在解散。我累翻了！」爺爺語畢便一邊敬禮，一邊強忍呵欠。他閉上眼的刹那，震耳欲聾的鼾聲瞬起。

「**呼嚕呼嚕！呼嚕呼嚕！呼嚕呼嚕！呼嚕呼嚕！呼嚕呼嚕！呼嚕呼嚕！**」

老人家的鬍鬚末端上下起伏，傑克和拉吉則踮起腳尖步離他的臥室。

13 毛毛的

下樓回報攤後，拉吉拉出老舊的條板箱，一個給自己，一個給傑克坐。接著，他開始東翻西找，看有什麼東西可以解饞，最後決定吃不知怎麼跑到暖氣機後面的一顆壓爛的復活節彩蛋，和半包乳酪餅乾。

「拉吉，多謝你昨晚打電話給我爸。」傑克說。

「應該的，邦汀少爺。說老實說，你爺爺不是第一次天黑之後溜出家門了。」

「我知道，」男孩答覆。他愁容滿面。他爺爺這把年紀的老人在嚴冬的夜裡走失，有朝一日很可能會沒命的。

「前幾次我總有辦法在街上追他，把他送回樓上。畢竟明眼人都看得出來我這麼健美，」報攤老闆一邊自誇，一邊拍打他的肚皮。肚皮好似巨型果凍開始搖晃，又宛如發生地震，餘震晃了好一會兒才停。「可是昨晚我的動作不夠快。我喝巧克力酒喝到有點茫。」

傑克不相信巧克力酒也能喝到微醺。「拉吉，你到底喝了多少？」

「三而已。」報攤老闆一臉無辜地回答。

「三瓶哪有那麼多酒精？」

「是三箱，」拉吉坦承。「今天宿醉好難受。你知道的，那些酒聖誕節沒賣出去，結果都過期了。」

「可是現在才一月欸。」

「我是說四年前的聖誕節。」

「哦。」小男孩恍然大悟地說。

「顏色都變白了，」報攤老闆實話實說。「總之等我終於想辦法下床、換好衣服、左搖右晃地上街，他已經人間蒸發了。我在馬路上跑來跑去，就是不見他的蹤影。你爺爺真是箭步如飛。他腦袋雖然糊里糊塗，身體卻還很硬朗。所以我連忙趕回家翻電話簿，怎知道上面居然印錯字，把『邦汀』印成『龐汀』。」

小男孩本來打算打岔糾正拉吉，但後來想想不如將錯就錯。

「不過最後我還是找到電話號碼，打給你爸。邦汀先生說他會出門開車去找他。說到這裡，最後你們到底是在哪裡找到爺爺的啊？」

「拉吉，我們整座小鎮都翻遍了，」傑克繼續講他未完的故事。「問題出在找錯地方。明明應該昂首尋覓，偏偏一直低頭找。」

報攤老闆搔搔腦袋。「我聽不懂，」他邊說邊把另一塊乳酪餅乾塞進嘴裡。「餅乾發霉都長毛了，」他補了一句，然後全數吞進肚。

「我爺爺老愛說：『**上青天，上青天，開飛機遠走高飛**』。他曾擔任皇家空軍飛官，會在起飛時說這句話。」

「那又怎樣？」

「所以我知道他一定跑到高處。考考你，鎮上的至高點在哪裡？」

拉吉一度看來陷入沉思。「那罐娃娃軟糖有夠高的。我得搬梯子爬上去才搆得著。」

傑克不耐煩地搔頭。「錯！是教堂尖塔啦。」

「乖乖隆地咚！你爺爺到底是怎麼上去的？」

「一定是爬上去的，他想要摸到天空。他上了尖塔，還以爲自己在開噴火式戰鬥機呢。」

「我的老天哪。爬到教堂尖塔，以爲自己在開飛機？老人家還活著眞算他走運。怕只怕你爺爺的腦袋一天比一天糊塗。」

事實有如一列失控的火車撞上男孩，他頓時淚如泉湧。拉吉出於本能地摟住男孩的肩膀。「乖，你乖，傑克，哭出來沒關係。想不想買一盒二手面紙？」

傑克可不想用陌生人擤鼻涕的面紙擦眼淚，所以答道：「不了，謝謝，拉吉。問題的癥結在於我爸媽想叫爺爺住一家新蓋好的養老院：**暮光之塔**。」

「我的老天哪！」拉吉嘟噥著搖頭。

「怎麼了？」

「不好意思，邦汀少爺，只是我一點也不喜歡那裡的外觀。看上去**毛毛的**！」

「它蓋在荒原邊上。」

拉吉光是用想的就打了個哆嗦。「地方上有些人說唯一能離開**暮光之塔**的方式，就是進棺材被人抬出來。」他神情凝重地說。

「不可以！」傑克驚呼。「就這樣，說什麼都不能送他去。可是，拉吉──我爸媽是吃了秤砣鐵了心，他們心意已決！」

「爲什麼不把爺爺接到家裡住呢？」

小男孩的臉上頓時綻露燦爛的笑容。「好主意！」

「印度人都嘛這樣！年輕人照顧老人。我有個年邁的姑媽跟我一起住樓上。」

「你不說我還不知道。」

「眞的，德麗緹姑媽。她其實沒辦法出家門。」

「因爲年紀太大了嗎？」

「不是。因爲她太胖了。」他壓低音量，仰望天花板。「她一直都很大隻，但是自從住在糖果店，整個人就像吹氣球般**膨脹**。假如她想出門，我得雇人開起重機把一面牆拆掉。」

傑克一度在心頭勾勒這幅畫面——一個胖女人身上裹著顏色亮眼的紗麗，被人用起重機吊到街上。然後他把思緒移回當前的正經事：爺爺。

「雖然我們家沒有多的客房，但我的床有上下鋪。其實爺爺昨天就在我們家過夜，所以沒道理不能一直住下去嘛！拉吉，你真是個天才！」

「智多星無誤。」報攤老闆答道。

「我要馬上跑回家跟爸媽說。」

「好樣的，邦汀少爺！」

小男孩奔向門口。

「還有記得提醒你善良的爸媽快來我店裡光顧啃。優格現正跳樓大特賣。不過，我說的優格，其實是上個月的牛奶加……」

報攤老闆話還沒說完，小男孩就跑得不知去向。

14 歡天喜地翻筋斗

不用說也知道，傑克的爸媽多不願意讓爺爺搬進家來。只是小男孩慷慨激昂爲爺爺說情，感天動地到最後父母不得不答應。爺爺不會占用任何空間，因爲他會跟小男孩同睡一間房。除此之外，傑克也承諾只要他沒上學的時候就會照顧爺爺。等爸媽終於首肯，小男孩好想在客廳狂翻筋斗，因爲他滿心歡喜。

「這只是實驗期哦。」傑克的母親提醒他。

「兒子，我們也還不確定這是不是長久之計，」爸爸哀傷地咕噥道。「醫生說之後他的病情會每況愈下。假如他沒辦法再住下去，希望你別失望。」

「還有，如果他又在夜裡失蹤，」媽媽高聲宣布：「那就沒話說了，傑克！必須馬上把他送去**暮光之塔**！」

「是是是！他睡我房間，我敢拍胸脯保證這種事絕對不會發生！」然後傑克衝出家門，想告訴爺爺這個天大的**好消息**，一路上笑得闔不攏嘴。

15 鼾聲雷動

傑克幫老人家從小公寓裡打包他所有的家當。爺爺只有對遠古的記憶過人，擁有的外在物質寥寥無幾。飛行護目鏡、一瓶鬍鬚造型蠟、一個豬肉罐頭。然後他們短程步行到爺爺的新「基地」。

祖孫倆一進男孩樓上的臥室，就玩起二戰飛官的角色扮演。照理說，他們幾個小時前就該上床了，卻還是攜手飛向天際，爺爺開他心愛的噴火式戰鬥機，傑克駕駛他來無影去無蹤的颶風戰鬥機。**「上青天，上青天，開飛機遠走高飛！」**他們齊聲高喊，跟強大的納粹空軍拼了。他們吵到天翻地覆，就算整條街被吵醒也不足爲奇。有那麼一下，傑克不在乎自己沒有好朋友可以邀來家裡玩，因爲這才是最棒的過夜派對！正當這兩位飛行員駕駛虛構戰

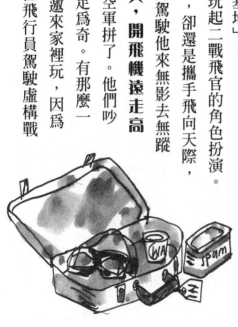

機著陸之際，媽媽用力敲上房門。她河東獅吼：「我說過了：**『關燈！』**」

「我眞希望那個該死的丫鬟不要鬧了！」爺爺說。

「我聽到了！」門外傳來女人的說話聲。

他們就著手電筒，在「軍官食堂」打完一局撲克牌，隨後爺爺走到臥室窗前，仰望空蕩蕩的夜空。在黑暗中，只見屈指可數的星辰閃爍微弱光芒。

「長官，你在幹麼？」小男孩問道。

「老小子，我在聽有沒有敵

機出沒啊。」

「聽到了嗎？」傑克興奮地問。現在他盤腿坐在上鋪，飛機模型在頭附近懸蕩。

「噓……」爺爺要他安靜。「有時候納粹空軍飛官會關掉引擎，讓飛機在天空滑行。敵軍的最大利器就是出奇不意。唯一使他們露餡的，是呼嘯吹過機翼的風聲。你聽……」

傑克排除雜念，靜下心來專注聆聽。只要用腦袋想就知道這有多扯。他們處的年代明明是一九八三，居然還等著聽將近半世紀沒飛越不列顛群島的戰機。可是在爺爺心裡，這些情節如假包換，搞得連傑克都深信不疑。

「假如敵軍今晚來犯，現在也該飛到了。這一晚我們就將就睡吧。敵軍極有可能策畫在凌晨轟炸空襲。」

「是，中校。」傑克邊說邊向爺爺敬禮，但就寢時間適不適合敬禮就另當別論了。

爺爺關上窗，拖著步伐走到下鋪。「那麼，老小子，晚安啦，」他一面說一面關燈。「希望你不會打呼。我沒辦法容忍打呼的人！」

老人家話一說完立刻倒頭就睡、開始打呼，他的鼾聲有如雷動。

「呼嚕呼嚕……呼嚕呼嚕呼嚕呼嚕呼嚕呼嚕。」

他鬍鬚的末端好似蝴蝶翅膀般飄動。

傑克躺在上鋪，清醒得很。儘管爺爺的鼾聲震耳欲聾，他還是樂不可支。他拯救爺爺的命運，讓他不用住進**暮光之塔**。如今一家四口住在同一屋簷下，男孩的肚裡萌生一股軟綿綿的暖意。

傑克把頭往枕頭上一躺。先前他已把臥室的鑰匙藏在枕頭底下。小男孩向爸媽保證老人家不會再半夜溜出門，因此便趁爺爺視線掃向旁邊時鎖上臥室房門。

小男孩抬頭盯著在黑暗中旋繞的飛機模型，不禁心想：要是模型是真的飛機有多好。傑克閉上眼，開始幻想自己坐在二戰戰機的駕駛座艙，在雲端翱翔。過沒多久，他就酣甜入夢。

16 空床

鈴鈴鈴鈴鈴!!! 傑克赫然驚醒，只知道鬧鐘一如每個平日的早上七點鈴響。他躺在床的上鋪，伸手去抓那個上了發條的皇家空軍老錫鐘，將鬧鈴關掉。小男孩雖然依舊閉著雙眼，卻猛然想起爺爺在下鋪睡覺。他先在原處躺著，想聽老人家的鼾聲。傑克暗忖：怪了。半點聲音都聽不見。可是他有感覺鑰匙還好端端地藏在他枕頭下啊。房門一定還鎖著。爺爺怎樣都出不了房門的。

傑克頓時覺得好冷。寒氣逼人。毛毯外層感覺冷冰冰的。他頭頂的飛機模型結了薄薄一層霜。室內的溫度想必跟屋外無異。

就在這一剎那，一陣北風吹來……窗簾隨之飄動。窗戶一定被人開了！傑克一度不敢往下鋪探頭，但還是慢慢鼓起勇氣。他深呼吸，再往下偷瞄。

下鋪空無一人。

床鋪得整整齊齊，好像根本沒人睡過。這很有爺爺的風格。就算要在大半夜冒險脫逃，也不忘先把床鋪好再閃人。在皇家空軍服役的軍旅生涯使他養成講究整潔的堅持。

傑克跳下床，奔向窗前。他眺望一排結霜的花園，尋找老人家的蹤跡，接著目光搜索每棵樹和每塊屋頂，就連街燈柱也不放過，說不定爺爺會爬上其中一根嘛。遍尋不著。住戶的花園後方是公園。天色還早，所以裡面空無一人。廣袤的草地覆了厚厚一層霜，傑克也看不出有任何腳印。

爺爺早就跑得不見人影。

17 找不到

日子一天一天過去了，還是沒有老人家的消息。鎮民組了搜索隊，警方也動員人力，傑克還聲淚俱下地在地方新聞台懇求爺爺平安歸來。

還是一無所獲。

在小男孩的指導下，大夥兒把方圓數哩的至高點都找遍了。小山的山頂、每棟高樓的屋頂、當然也不忘教堂尖塔，就連高壓線電塔也不放過。

還是遍尋不著。

傑克爲爺爺設計一份「失蹤協尋」的海報，到學校印了好幾百張，然後騎著他的三輪車在鎮上繞，將海報貼在他能找到的每棵樹和每根街燈柱。

還是音訊全無。

每次只要電話或門鈴一響，傑克馬上就衝去接，祈禱能得到爺爺的消息。但就是杳無音信。

小男孩內疚萬分，夜裡哭著入睡。爸媽要傑克不要自責，但他不斷懊惱自己當初沒聽他們的話。

或許養老院真是爺爺的最佳去處。至少他在那裡會很平安。儘管小男孩再怎麼不願意承認，爺爺難搞到家人無法照料似乎已是不爭的事實。

隨著時光流逝，存在感也愈來愈淡。

過了一陣子，傑克赫然發現一件糟糕的事。世界繼續轉動；爸媽返回工作崗位。鎮民也恢復原本的生活。老人失蹤已成舊聞。

種種的一切，最令人揪心的是「無知」。爺爺是不是再也回不來了？還是在哪裡迷了路，現在急需救援？

即使千百個不願意，小男孩還是得上學。雖然傑克以前本來就常心不在焉，但現在他的心是徹底飛了。無論上哪門課，他腦袋想的都是爺爺。

他每天放學都會跑去拉吉店裡，看他有沒有什麼消息。

叮咚！傑克走進報攤，門鈴順勢響起。爺爺失蹤整整一星期了。

「啊！邦汀少爺！我最愛的老主顧！快請進，別著涼了！」櫃台後方的拉吉呼喚。

灰心喪志的小男孩只能勉強朝報攤老闆的方向客氣地點個頭。

「各家大報今天我又翻了一遍，但遺憾的是，還是沒有你爺爺的下落。」拉吉說。

「我不明白！」傑克回話。「以前他每次失蹤，我們總能把他給找回來。可是這回他好像人間蒸發了。」

拉吉沉思片刻，爲了幫助集中精神，他從櫃台拿了根棒棒糖，塞進嘴裡。男人的臉皺了一下，顯然是不喜歡這個口味；他馬上把它塞回其他要賣人的棒棒糖堆。

傑克的校園早有傳聞：拉吉賣的糖果其中有很多都「先被吸過」。如今男孩終於證實傳言不假。但說也奇怪，他對報攤老闆的喜愛還是絲毫沒有減少。

「你爺爺是二戰英雄……」拉吉放聲說出心底話。

「沒錯！他還得過飛行傑出十字勳章！」傑克表示贊同。「那是飛官的最高榮譽。」

「……所以，我認爲這樣的硬漢不會放棄生命。他還在外面的某個地方。這我很有把握。」

叮咚！小男孩步出小店，連日來這是他第一次邁開雀躍的步伐。現在傑克起碼萌生一絲希望。一架飛機開過，引擎的嗡嗡聲在空中回響。傑克昂首，一度有那麼點希望可以看見爺爺。但想當然那不是噴火式戰鬥機。只是一架名不見經傳巨型噴氣式客機。

「上青天，上青天，開飛機遠走高飛，」男孩自言自語。

拉吉說得對——爺爺一定還在外面的某個地方。

問題是，**在哪兒呢**？

18 調皮搗蛋

傑克的學校很少舉辦校外教學。自從有個男學生在國立歷史博物館把雷暴龍的骨骼當溜滑梯後，校長就決定在教育單位通知前下令嚴禁出遊。這只是傑克學校多年來學生犯下的諸多不端行爲之一。其中多數的搗蛋事蹟已被列入校園傳奇……

——有位女學生在倫敦動物園翻牆進企鵝區。她以爲只要把套頭毛衣掀起來罩在頭上，走路左搖右擺，嘴裡再叼一條魚，就能充當企鵝。

——參訪電視科幻電視劇人物神祕博士的

展覽行程，最後以人仰馬翻收場，因爲好幾名男學生把電腦人、桑塔人、和反派戴立克的戲服偷走，假裝外星人入侵地球。

——某年聖誕節的校外教學，全校到地方上的劇院觀賞默劇。兩名學生趁機偷走馬的戲服，一直到幾個月之後，他們試圖參加越野障礙賽馬才被人發現。

——有次全校遠足參觀古代的碉堡，原本開開心心出門，老師最後卻被塞進大炮向外發射，後來被人發現掛在兩英哩遠的一棵樹上。

——某次校外教學參觀勝利號戰鑑，一群男學生居然起錨開船。他們升起一面骷髏頭和交叉骨的旗幟，宣稱自己是海盜。這群男孩在海上飄流了幾個月，最後被一艘皇家海軍的航空母鑑逮捕。

——本地農場一日遊最後慘烈收場，因爲地理老師被趕進洗羊藥水槽，頭髮也被剃光了。不過跟去年相比算是稍有進步，因爲當時學生把他綁在擠乳機上。

——有名男學生於國家美術館拿黑色馬克筆在畫家泰納的稀世名畫上簽「蓋斯到此一遊」。一開始他否認犯案，但是後來別人提醒全校只有他叫「蓋斯」，他才無法狡賴。

——校外參訪英格蘭銀行，到頭來卻全校蒙羞，因爲一百萬英鎊憑空消失。教數學的賊老師至今仍爲銀行搶案吃牢飯。

——學校被倫敦杜莎夫人蠟像館列入永不入內的黑名單，起因是兩個男學生偷走了柴契爾夫人的蠟像。隔天他們用滑板將蠟像推著巡視校園，假裝首相蒞臨。

——有次學生造訪地方上的消防站，消防隊長後悔讓學生轉開其中一條消防軟管。有個老師被水柱沖到半空，過了一個多小時，水噴光了，她才落地。

儘管學生的犯罪史落落長，眞理夫人還是請求校長解禁。最後校方同意讓她帶歷史課的學生參訪位於倫敦的帝國戰爭博物館。眞理夫人在學校裡是出了名的嚴師，所以校長相信只要有她緊迫盯人，學生肯定不敢作亂。

傑克因爲爺爺失蹤的事，整個人失魂落魄，完全忘了校外教學這檔事。魂不守舍的小男孩早上第一件事就是上遊覽巴士。不用說也知道，巴士還沒

開離操場，小朋友就都把午餐便當給啃光了。這些貪吃的小頑童。

再次造訪帝國戰爭博物館，小男孩內心五味雜陳。傑克跟爺爺去過那麼多次，博物館就像是祖孫倆的第二個家。不過話說回來，那個時候爺爺還知道他是傑克的爺爺。

遊覽巴士一停下來，傑克馬上認出博物館。這是棟富麗堂皇的建築物，正面是羅馬風格的圓柱，頂部有個綠色圓頂，庭院

兩座海軍大炮傲然對準空中。

大家下車之前，老師差點取消這趟校外教學。兩名坐後座的男學生露出屁股貼著窗戶，對幾個年長的日本觀光客打招呼。眞理夫人先判他倆在畢業前每天課後留校，然後對車上的每位小朋友發言。

「各位，給我聽好了！」她對整車鬧哄哄的學生吼道。小朋友剛狼吞虎嚥地吃完便當裡的蛋糕和巧克力棒，現在亢奮地不得了。手舞足蹈，無法靜下來。「**我說給我聽好了！**」她咆哮道。車下頓時

鴉雀無聲。「今天你們每個人都要表現出最好的一面，因爲你們都是學校的活廣告。要是有人敢給我一丁點的調皮搗蛋、胡作非爲、或耍什麼小把戲，大家就準備打道回府了。」

傑克跟其他每位小朋友一樣，不懂「調皮搗蛋」的確切定義，但他可以想像其中八成包括把無價之寶的恐龍骨骼當溜滑梯。

「好了，這些是你們的講義！」眞理夫人一面宣布，一面發一大捆A4大小的紙。小朋友的呻吟聲清晰可聞，畢竟他們一直期待校外一日遊可以「輕鬆一下」。

「我也有講義要給你，」她邊說邊把其中一張發給傻眼的巴士司機。「今天我要請大家找的是三**『實』**。**事實、事實、事實**。」

傑克瞄了講義一眼，上面有幾百個問題，全都跟無聊瑣碎的史實有關。日期、名稱、地點。傑克跟他的同班同學不可能有空欣賞展示品，他們只能把所有的時間花在詳讀每面牆上的每張展示牌，滴水不漏地抄下每項**事實、事實、事實**。

帝國戰爭博物館上至天花板、下至地板，陳列著從古至今的坦克車、武器，和軍服。整座博物館傑克最喜愛的一區就是大展覽廳，戰機都懸在天花板上；他也因此受到啓發，將臥室裡的飛機模型用類似的方式陳列。

博物館的戰機收藏琳瑯滿目。一次世界大戰的雙翼機、索普維斯駱駝戰鬥

機、納粹ＦＷ單翼偵察機，和美國野馬式戰鬥機皆爲館藏。不過，眞正的鎭館之寶是舉世無雙的傳奇性戰機：噴火式戰鬥機。

和那架戰機重逢，傑克的心開始歌唱。它讓小男孩莫名覺得又跟爺爺拉近了距離。

19 猛禽

傑克的同學都想以跑百米的速度，跑完帝國戰爭博物館。他們打算直奔禮品店，把零用錢花在，像是冰淇淋造型的臭橡膠玩具，可以一路聞回家。

傑克只想深情款款地望著噴火式戰鬥機。這架飛機對他始終有股吸引力，而今天的吸引力似乎比以往更強烈。噴火式戰鬥機的功用是毀滅與破壞，但它也具備著高度美感。這次和它重逢，傑克才明白爲什麼它能凌駕其他所有的戰機，登上傳奇的殿堂。

要是他能開飛機就好了。**「上青天，上青天，開飛機遠走高飛，」**他自顧自地咕噥。可惜的是，這架偉大的戰機如今淪落在博物館積灰塵，而非在天際**颼颼**翱翔。

無論從哪個角度欣賞，噴火式戰鬥機都美得令人驚艷。

傑克從底下仰望，機腹平滑灰白，宛若殺人鯨的腹部。機

翼看起來強而有力，好似猛禽的翅膀。傑克最喜愛的部位是木頭螺旋槳，倘若坐在機頭，螺旋槳看上去就像軍事鬍鬚。彷彿噴火式戰鬥機根本不是機器，而是人。

這間挑高的展覽廳有台階可通往架高的走道；如此一來，訪客便能更清楚地觀賞吊在半空的每一架飛機。可是，傑克往上走，想進一步研究噴火式戰鬥機時，卻發現一件怪事。駕駛員座艙頂部的圓形玻璃罩蒙上一層水蒸汽。裡面肯定有什麼東西在增溫。

更怪的是，駕駛員座艙居然有聲音。而且是鼾聲。

一定有誰在噴火式戰鬥機裡呼呼大睡！

20 違規

「傑克，過來！」眞理夫人呼喚道，接著轉身走進下一間展覽廳。

「好，我要過去了！」男孩從走道往下喊，只不過他還沒打算要跟她走。

他想一探究竟，看是不是眞有人在噴火式戰鬥機裡睡覺。

「有人在嗎？」傑克朝戰機的方向呼喚。

呼嚕呼嚕呼嚕呼嚕呼嚕！

呼嚕呼嚕！

沒人回應。

「有人在嗎？」他稍微揚高音量，再次呼喚。

呼嚕呼嚕呼嚕呼嚕呼嚕呼嚕呼嚕呼嚕呼嚕呼嚕呼嚕呼嚕呼嚕！

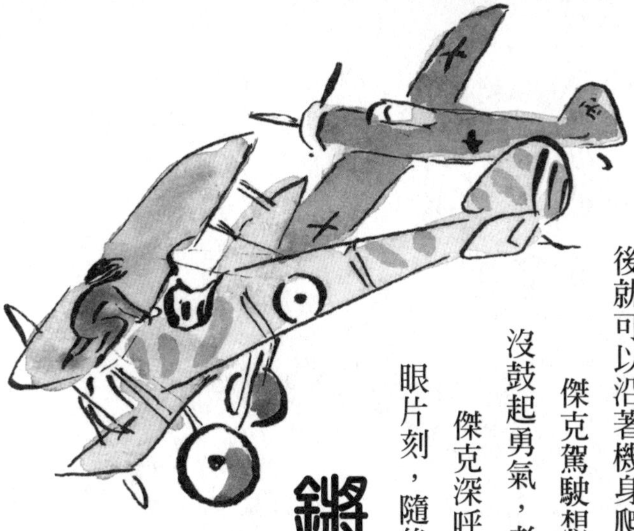

還是沒人回應。

站在走道上的小男孩無法直接搆著噴火式戰鬥機。先助跑再起跳肯定是死路一條。畢竟那些懸空的飛機都離地面很遠。

不過，那架駱駝戰鬥機的機翼離走道不遠。假如傑克能想辦法爬上去，之後就可以沿著機身爬到下一架飛機，這樣最後就能搆著噴火式戰鬥機了。

傑克駕駛想像中的飛機，總是驍勇善戰，可是到了現實生活卻從沒鼓起勇氣，老是害羞膽怯。而現在他將要打破所有的規矩。

傑克深呼吸。小男孩不敢往下瞄，逕自爬上走道的欄杆。他閉眼片刻，隨後縱身一躍，跳上一次大戰的雙翼機。

鏘！

駱駝戰鬥機的結構多半是由木頭製成，所以遠比男孩想像中輕。他的體重使這架古董戰機搖晃不穩。傑克一度擔心他會失去平衡、筆直墜地。他腦中靈光一閃，趕緊往下蹲，利用雙手和膝蓋支撐，

好分散體重。他學螃蟹沿著機翼小步疾走，直到接近下一架飛機。

第二架是納粹令人聞風喪膽的FW單翼偵察機。非得用跳的才能搆著它。

他再次深呼吸，躍過高空。

鏘！

他落在偵察機的機翼上。現在只隔一架飛機，傑克就能搆到噴火式戰鬥機了。小男孩靠得越近，從駕駛員座傳來的鼾聲也變得更響亮。

呼嚕呼嚕呼嚕呼嚕呼嚕呼嚕呼嚕呼嚕呼嚕呼

嚕呼嚕呼嚕呼嚕！

除非真的有隻巨象在上面酣睡，否則鼾聲由誰而起，他再清楚不過了……

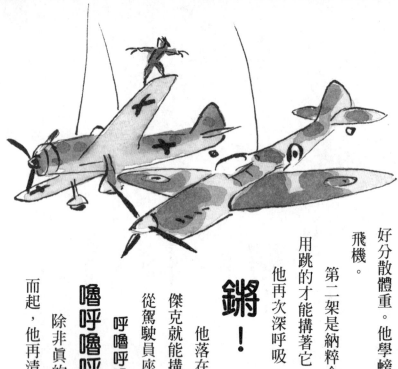

21 叢林怒吼

「喂！小子！」吼聲響徹大展覽室。

傑克倒抽一口氣，從ＦＷ單翼偵察機的機翼往下望。他以前從沒惹過什麼大麻煩。此時此刻卻身在帝國戰爭博物館，在一架又一架名貴的古董戰機之間跳來跳去。

有個身材魁梧的保全正在抬頭看他。彷彿博物館在叢林裡抓到一隻最巨大的猩猩，將牠塞進制服，把尖頂帽往牠頭上一戴。一簇簇濃密的黑毛從他的鼻孔、脖子，和耳朵竄出。

「我嗎？」小男孩無辜地問，好像跑來帝國戰爭博物館、蹲在一架懸在天花板的二戰戰機機翼是件再正常不過的事。

「對！就是你！給我下來！」

「現在？」傑克問道，繼續假裝他不知道別人何必如此大驚小怪。

「對！」男人開始火大了，嗓音逐漸變成叢林怒吼。

怒吼聲驚天動地，博物館的其他訪客全被吸引過來。沒過多久，傑克學校裡的小朋友都不可置信地仰望著他。小男孩很難爲情，臉色轉爲緋紅。

最後連眞理夫人本尊也衝進來，她飄逸的長裙嗖嗖刷過地板。

「傑克・龐汀！」她火冒三丈地喊道。當老師叫你全名，你就知道自己麻煩大了。「馬上給我下來。你害學校丟臉了啦！」

學校老早就臭名遠播了，所以傑克覺得光憑他一己之力不可能使校譽雪上加霜。不過，這個節骨眼和地點都不適合爭辯。

況且，傑克心頭還有更重要的牽掛。「老師，我只要

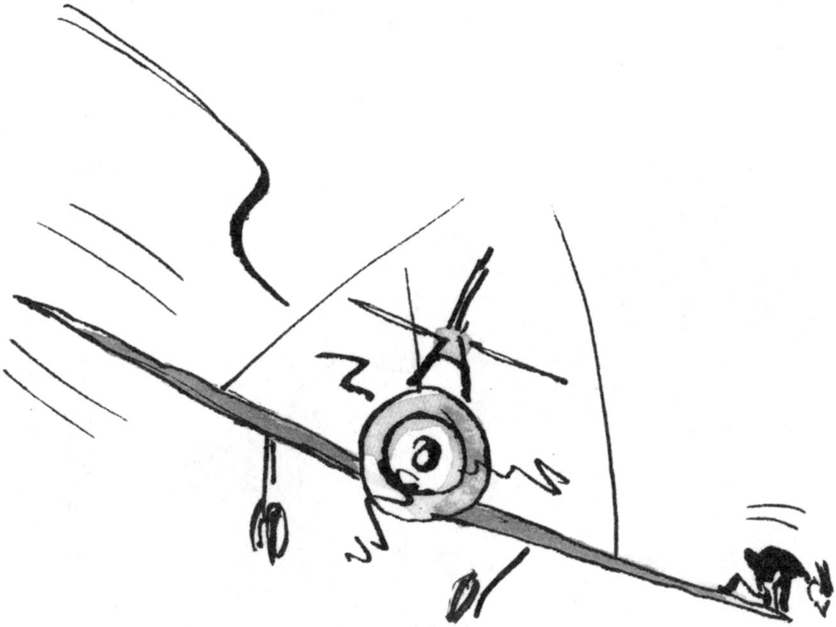

跳到這架噴火式戰鬥機就好，然後我保證馬上下來！」

孩子間響起一陣輕笑聲。虎背熊腰的保全可沒這種幽默感。他往走道一跳。他不只長得像大猩猩，連大猩猩的攀爬技能也難不倒他。三兩下就躍上駱駝戰鬥機的機翼。不過，他跟大猩猩還有另一項共通點：體重肯定是小男孩的十倍。這架雙翼機猛烈地左搖右晃，機翼撞上下一架飛機。

哐噹！

這使傑克蹲伏的ＦＷ單翼偵察機嚴重傾斜。

嘰嘎！

可憐的小男孩如今徹底失去重心。他一個失足往下掉，懸在半空，只靠指尖緊抓ＦＷ單翼偵察機的機翼。

「啊！」

傑克怕得放聲大叫。

「傑克，抓好啊！」

眞理夫人在底下喊道。帝國戰爭博物館的大展覽廳從沒上演過這麼高潮迭起的劇情。「如果有學生因爲參加校外教學而送命，我的評價會變差啦！」

傑克能夠感覺他的手指正在一根一根從ＦＷ單翼偵察機冰冷閃亮的金屬機翼滑落。

「乖乖別動！」保全咆哮道。

小男孩心想：不然我還能怎樣？

這一摔，

會摔得很深。

22 小憩片刻

說時遲，那時快，傑克發覺噴火式戰鬥機的駕駛員座艙居然開了。

「吵什麼吵？飛官想安靜地小憩片刻都不行嗎？」

「爺爺！」終於找到爺爺的小男孩欣喜地大叫。

「誰是『爺爺』？」爺爺問道。最近孫子叫他爺爺，他已不再回應；但這個稱謂叫久了還是很難說換就換。

「中校！」傑克換個稱謂。

「這才像話嘛！」老人家邊說邊爬出座艙，站在噴火式戰鬥機的機翼。爺爺往下一望，這才發現自己懸在高空。「我真糊塗！

肯定是飛機開到一半就爬出來了！」他喃喃自語，然後轉身要爬回座艙。

「不，長官，你現在沒開飛機啦！」小男孩糾正他。

傑克的爺爺俯視愈聚愈多的圍觀群眾。「實在太怪了。」

「嗯？中校？」小男孩千方百計想吸引爺爺的注意。

爺爺向傑克的聲音來源望去。小男孩只靠指尖懸在半空。「少校，你跑去那裡幹麼？老小子，我來拉你一把。」

爺爺循噴火式戰鬥機的機翼，拖著腳步走向吊在ＦＷ單翼偵察機的傑克。老人家一把抓住乖孫的手。儘管年事已高，他的身體卻出奇硬朗。反觀傑克運動卻不在行，所以他感激有人伸出援手。

爺爺一口氣舉起男孩，放在噴火式戰鬥機的機翼上。

地面上的小朋友頓時歡聲雷動，掌聲喝采不絕於耳。

傑克不假思索，雙臂圈住爺爺，給他一個溫暖的擁抱。老人家失蹤超過一星期，傑克還以爲再也見不到他了。

「少校，別忘了還要打仗呢！」爺爺說。他將小男孩摟著他腰的手剝開；他倆面對面站著，相互敬禮。

這時他們身後傳來一聲怒吼。

「你們麻煩大了！」發飆的是保全。

話聲一落，這位半人半獸的保全就從ＦＷ單翼偵察機助跑起跳，躍上噴

火式戰鬥機的機翼。三人的體重使鋼索變得緊繃。

琤！

哎呀！

最後……

啪嗒斷裂！

噴火式戰鬥機的機翼朝地面擺盪；如今飛機只靠一根鋼索支撐懸空。

三個人就這麼滑落機翼，底下的群眾全都倒抽一口氣。

爺爺勉強抓住戰機的螺旋槳，傑克勉強拉著老人家的拖鞋，至於保全則拽著小男孩的腳踝。他們三個像是馬戲團裡表演高空鞦韆的演員左搖右晃。

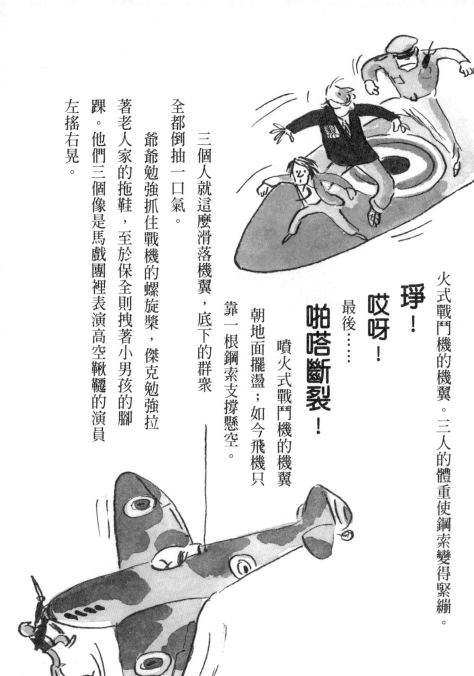

「少校，抓穩啊！」最上層的爺爺對下面吶喊。

「中校，你也要抓穩啊！」小男孩對上面喊。

他倆也聽見有人在下面啜泣。

「我還不想死啊！」保全止不住激流成河，嚎啕大哭。

此頁反轉看

「你看下面，」眞理夫人鎮定地說。

「我不敢啦！」他慟哭著說，恐懼害他嗓音沙啞。保全竭盡所能地緊閉雙眼。

「你嘛幫幫忙，只差一咪咪腳就要碰到地了啦。」老師嘆息道。

保全慢慢睜開眼往下看。位於人肉鏈條末端的他，靴子就快碰到地板。

「哦！」他哦了一聲，察覺有一大群小朋友親眼目睹他變成愛哭鬼小孬孬，頓時感到相當尷尬。他數到三，然後鬆開傑克的腳踝。隔著微乎其微的距離落在地板。

男人面向老師。「妳救了我一命。」他哽咽地說，同時給眞理夫人史上最大的熊抱，把她徹底抱離地面。

「我的眼鏡要被你壓扁了啦！」她表示抗議。整個局面的發展顯然令她很不自在。尤其是當她捕捉到學生的眼神，平常正經八百的老師如今被男人摟在懷裡，他們看在眼裡全都咯咯傻笑。

「那我們呢？」傑克朝下面呼喊，依舊緊抓爺爺的腳踝不放。

「我會接住你們！」保全試圖重振雄風。「數到三放手。一、二、三……」

「好耶！」爺爺說。

保全來不及接話，老人家已鬆手。一眨眼的時間，傑克和他爺爺便相繼落在保全身上，他那魁梧的身軀正好可以當完美的防護墊。

彈！

保全身上壓了兩個人，暈了過去。如今他仰著臉平躺在博物館的地上。

「各位退後！」老師下令。「我必須對他口對口人工呼吸！」

語畢眞理夫人便彎下腰，將空氣吹進保全的肺。男人只是昏倒，馬上就甦醒了。

「謝謝妳，敢問芳名？」保全說。

「眞理夫人。不過你也可以叫我眞眞。」

「謝謝妳，眞眞。」他倆含情脈脈，相視而笑。

眞理夫人接著抬頭，認出爺爺。「哦，龐汀先生，又是你啊！我早該料到了！」

眼看保全躺在地上，名貴的噴火式戰鬥機又懸在天花板上擺盪，傑克覺得還是裝作什麼都沒發生最保險。

「那麼，眞理夫人，剛才是不列顛之役的軍事掩護，」小男孩語調快活地說。「接下來呢？」

「接下來……」歷史老師氣得七竅生煙地說：

「我要報警！」

23 堅果與野莓

「坐警車」是傑克跟多數小孩長久以來的夢想。不過，他總是幻想坐在前座追壞人，而不是跟剛被捕的親近家族成員一同坐在後座。

警車在倫敦街頭疾馳，警笛不斷**尖嘯**。他們正被載往倫敦警察廳接受偵訊，只是爺爺似乎以爲他是被「敵軍」俘虜。老人家的罪名是「刑事損壞」。小男孩試著跟員警解釋：要不是保全體重太重，懸吊噴火式戰鬥機的鋼索就不會斷掉。不用說也知道，這種說詞無法幫爺爺脫罪。這名員警神情相當嚴肅。他坐在方向盤前，開往警察廳總部的途中一聲不吭。

祖孫倆肩並肩地坐在警車後座，傑克轉頭面向爺爺。

「爺——不，中校？」

「怎麼啦，老小子？」

「你怎麼會跑到飛機駕駛員座艙睡覺？」剛才場面太驚心動魄，所以傑克

忘了問。

爺爺一度被考倒似的。他失蹤一星期了。帝國戰爭博物館又離家千萬哩。

「一切都要從我跳傘降落敵軍後防開始講起……」最後爺爺娓娓道來。顯然老人家已經糊塗到極點，想把過去一週的事東拼西湊、組在一起。

小男孩暗忖：肯定是他從我家臥室跳窗的記憶。

「我步行了幾天幾夜，」爺爺繼續講。「避開大馬路，盡量只走原野和樹林。受訓過的皇家空軍飛官都知道，假如深入敵軍占領區，就該這麼做。」

傑克心想：難怪都沒人看到他。小男孩低頭看爺爺的拖鞋，鞋面結了泥塊，看起來濕透了。「那你怎麼活下來的？」傑克問道。

「我靠堅果和野莓充飢，喝雨水解渴。」

「你在星空下睡覺？」

「少校，也只能這麼睡啊！難道你在皇家空軍服役時沒在星空下睡過？」老人家反問他。

傑克羞愧到不願回答。「沒。從來沒有。」傑克這輩子的生活都不可能有爺爺百分之一的精采。「那你怎麼分辨東西南北？」

「我一定是越過邊界，進入同盟區了，因爲隔著一片原野，我望見大馬路上有個巨型招牌。」

「招牌上有什麼？」傑克問道。

「有張噴火式戰鬥機的大圖！最令人不解的是，上頭還有詳盡的方向指引。」

小男孩恍然大悟：是帝國戰爭博物館的告示牌啦！

「我一定要致電上將。這可是向敵軍洩漏皇家空軍最近的基地位置。假如納粹眞的設法發動地面部隊，他們就能循著指示長驅直入了！」

小男孩情不自禁地展露笑顏。其他人老是把爺爺的病情看作麻煩，但對傑克來說，爺爺的腦袋靈光得很。

「我抵達空軍基地時，天色漸漸暗了，」老人家往下說。「還有不少小鬼頭在飛機棚附近張望——肯定是被疏散的老百姓……」

帝國戰爭博物館總是擠了一堆小孩。傑克心想：他指的一定就是那些小朋友。

「……其實當時我內急。畢竟一星期沒上廁所了。吃了這麼多堅果跟野莓，真需要好好卸貨！可是我累得不像話，倒頭就睡，連上廁所也顧不得。小憩片刻而已嘛。醒來之後，發現全都熄燈了。我在黑暗中瞎走了很久，最後終於設法找到我的噴火式戰鬥機。不過得先爬過幾架飛機就是了。」

爺爺還活著，算他走運！就算燈是開著的，一連爬過好幾架懸空的古董戰機也很危險。

「長官，然後呢？」傑克好奇追問。

「然後我想開它出去溜達溜達。**上青天，上青天，開飛機遠走高飛**，這你也知道。可是發不動這個老ㄚ頭！一定沒油了……」爺爺話愈說愈小聲，臉上浮現迷惘的神情。「後來……後來……我八成又在駕駛員座艙睡著了。你曉得的，再小憩片刻。」

「是的，中校，我懂。」

祖孫倆這麼靜靜坐了一會兒，然後小男孩打破沉默。他對爺爺的愛潮水般湧上心頭。「大家真的都很擔心你……」

爺爺對此嗤之以鼻。「老小子，不用擔心我，」他輕笑著說。「希特勒空軍全員出動都攔不了我。想都別想！我這個老兵向來大難不死、**東山再起**！」

24 穿西裝的活動衣櫥

到了倫敦警察廳，人人丈二金剛摸不著頭腦。警察廳總部沒有一名員警知道該拿這位到帝國戰爭博物館爬進飛機的怪老頭怎麼辦。

不過，罪狀嚴重：「刑事損壞」。因爲那天稍早博物館鬧得人仰馬翻，三架古董戰機如今面臨維修的命運，而且所費不貲。於是爺爺被帶到倫敦警察廳地下室的一間審訊室。傑克請求員警讓他一起去。小男孩的說詞是：爺爺的思緒可能會變亂，到時候老人家會需要他的幫忙。他不曉得爺爺接下來會怎樣。上法院受審？進監獄服刑？小男孩只知道爺爺惹來麻煩。問題是：麻煩有多大？

審訊室又小又暗，顯得陰沉。牆壁。桌子。椅子。天花板上懸著一顆沒燈罩的燈泡。房間沒有窗戶，只有房門頂端有一條狹縫，好讓外面的人往裡看。

祖孫倆獨自坐了好一會兒，直到最後有兩雙眼在監視狹縫浮現。

鑰匙啷噹啷噹作響，金屬大門旋而開啓。兩名便衣警探站在門口。即將展

開偵訊。

其中一名警探虎背熊腰，高大到不尋常的境界，簡直是一個穿著西裝的活動衣櫥。相形之下，他那打擊犯罪的拍檔卻瘦如竹竿。如果遠一點看，你可能會把他誤認成撞球球杆。

倫敦警察廳的深處，兩個男爭先恐後，想要同時進門走入審訊室。不用說也知道，結果他們卡在門框，不合身的閃亮灰西裝相互摩擦。

「我卡住了啦！」壯漢肥肉警探大喊。

「又不是我的錯，**金柏莉**，」瘦子排骨警探回話。

「不准在嫌犯面前叫人家**金柏**

莉！」肥肉用氣音使勁地說。

「可是肥肉．**金柏莉**，你的本名就是**金柏莉**啊。」

「不要再說了！」

「抱歉，**金柏莉**！我不會再叫你**金柏莉**了，**金柏莉**！我發誓，**金柏莉**！」

「你還一直講！」

顯然壯漢對他充滿娘味的名字很不滿。他肯定想要更有男子氣概的名字，像是查德、寇特、布萊德、洛克、或宙斯，或者乾脆叫「漢子」算了。

最後**金柏莉**終於想辦法擠出門框，過程中把他的拍檔壓得扁扁。

「你弄痛我了啦！」排骨大叫。

「抱歉！」肥肉說。

這對警界拍檔跌跌撞撞地進房，傑克看在眼裡只能強忍笑意。兩人忙著鬥嘴，非但門沒關，那串鑰匙也還插在鎖孔。

「蓋世太保！」爺爺對他的乖孫斷聲說。「交給我來對付！」

蓋世太保是希特勒旗下令人聞風喪膽的祕密警察部隊，這兩個跳樑小丑跟他們差得十萬八千里。可是爺爺只要認定哪件事，就絕對不會動搖，所以傑克選擇保持沉默。

等撢去身上的灰塵、拉直領帶，這兩位毫無朝氣的警界活寶便往傑克和爺爺對面一坐。

接著是漫長尷尬的沉默。兩位警探都一副在等拍檔先開口的樣子。

「你不打算說話嗎？」肥肉最後透過他大嘴的嘴角輕聲問。

「不是說好統一由你先開口嗎？」排骨反問。

「哦，對耶，眞的。抱歉。」然後他愣了一下。

「可是現在我不知道要說什麼欸。」

「失陪一下。」排骨致歉。兩位警探對傑克和他的爺爺擠出難為情的微笑，然後離座。傑克覺得他們太搞笑了，卻又不敢表現出來；爺爺則是一臉困惑。

兩名警探退到小灰室的一處角落，像是橄欖球員討論戰術似地聚成一堆。排骨對肥肉下指令。

「聽好了，**金柏莉**，我們不是討論過了嗎？一個扮白臉，一個扮黑臉。這招屢試不爽，總能攻破嫌犯的心防。」

「沒錯！」

「好樣的！」

肥肉思忖片刻。「那我這次是扮白臉還是黑臉？」

「白臉！」排骨開始激動起來。

「可是人家想扮黑臉嘛。」肥肉抗議。他絕對是雙寶裡最愛耍幼稚的。

「**一直都是**我扮黑臉的！」排骨說。

「不公平！」肥肉嗚咽地說，活像一個冰淇淋被人偷走的胖男孩。

「好好好！」排骨讓步。「黑臉讓你當！」

「好耶！」肥肉興高采烈地對空氣揮拳。

「不過只有今天。」

傑克開始感到不耐煩了，「不好意思，你們還要討論很久嗎？」

「不不不。馬上就好，」排骨答覆，接著回頭面向他的拍檔。「好吧，我先上。我扮白臉，會說些入耳的好聽話，然後扮黑臉的你，記得要撂狠話。」

「了解！」肥肉答道。

兩名警探走路有風地返回座位。瘦子率先發言。

「你們也知道，刑事損壞是條嚴重的罪。不過，千萬別忘了，我們是兩位的朋友，是來幫忙的。我們只想知道，你們爲什麼要碰那幾架古董飛機？」

「就是說嘛，」肥肉插話。「幫幫忙行行好。」

排骨警探絕望地發出**呻吟**。

25 泥淖愈陷愈深

審訊室的這場戲沒辦法照擬好的劇本走。

排骨警探把肥肉警探拖回角落。「你這個白癡！不是要扮黑臉嗎？怎麼說起：『幫幫忙行行好』？」

「不行嗎？」排骨一臉無辜地問。

「**不行！**你要要狠才對。」

「要狠？」

「**對！**」

「我不曉得自己狠不狠得起來欸。畢竟人家叫作**金柏莉**，實在很難要狠。」

「他們應該不知道你叫什麼名字吧。」

「你都喊過一百遍了！」肥肉嚷道。

「也對吼。對不起，**金柏莉**，」排骨答覆。

「你又來了！」

「是我不好，**金柏莉**。」

「你還來！」

「我保證不會再犯了，**金柏莉**。」

「不許再喊我的名字啦！或許我扮白臉比較好。」

「是你剛剛自己說想當黑臉的！」

「我知道……」肥肉一臉羞怯地說。「可是人家又決定要換回來了嘛。幫幫忙行行好。」

這場詢問很快淪爲一齣鬧劇。

排骨趕忙同意。「好好好，你想怎樣都行。**金柏莉**，你扮白臉，我扮黑臉。」

「謝謝。還有，別忘囉，不准在嫌犯面前叫人家**金柏莉**了。」

「抱歉，我剛又叫你**金柏莉**了嗎？」

「對，老毛病又犯了。」肥肉宣告。

「抱歉啊，**金柏莉**。」排骨答道。

傑克再也憋不住了，笑聲脫口而出。

「**哈哈！**」

「有什麼好笑的？」肥肉氣鼓鼓地問。

「沒事，**金柏莉**！」小男孩竊笑著說。

金柏莉吹鬍子瞪眼睛，大概名字叫**金柏莉**的生氣起來都是這模樣。「現在他們都知道我叫**金柏莉**了啦！這都是你的錯！」

排骨可不願意把罪一肩扛起。「你爸媽一開始幫你取『**金柏莉**．肥肉』這個名字，才該負最大的責任吧。他們到底爲什麼要給你取女生的名字？」

「**金柏莉**才不是女生的名字咧！」肥肉吼道。「男女通用啦！」

以下是其他據稱「男女通用」的名字，肥肉伯父伯母可能會爲他們的活潑男嬰命名時納入考量——

愛麗絲（艾力斯）
凱蘿（凱羅）
達蘿兒（達洛爾）
荷麗（賀利）
嬌丹（喬丹）
琳賽（林賽）
瑪莉詠（馬力勇）
梅芮狄絲（梅瑞迪斯）
派瑞絲（派瑞斯）
珊蒂（山迪）
史黛西（史戴西）
或崔嘉（崔西）

「好啦，男女通用的沒錯，我認識的男性友人裡超多都叫作**金柏莉**，」排骨警探嘀咕道，然後冷靜下來。「好了，我們還有嫌犯要偵訊，記得嗎？」

「是是是，抱歉。」

「還有，別忘了你現在是扮白臉，所以盡量友善點。」

「是是是，我扮白臉。白臉，白臉，白臉。」肥肉像在唸經般不斷覆述，好牢記心頭。

「我們上吧！」排骨胸有成竹地喊話。

「我可以先衝去撒尿嗎？」肥肉問道。

「不可以！不是叫你偵訊前先去尿嗎？」

「可是那時候我不想尿啊！」

「那現在就給我憋尿！」

「怎麼憋？」

「夾緊雙腿之類！怎樣都行，就是不要去想涓流的小溪！」

「你害我滿腦子都是涓流的小溪了啦！」

「肥肉警探！你這樣胡鬧，害我倆形象變得超不專業！」

「抱歉！」

「倫敦警察廳最優秀的警探應該有你有我。」

「最優秀的！」

「那就上吧！」

肥肉與排骨帶著煥然一新的明確目標闊步走回桌前。

「那麼……」肥肉打頭陣：「願不願意賞臉到寒舍吃晚餐？」

傑克跟爺爺簡直不敢置信。「**金柏莉**，你人也太好了吧！」排骨吼道。

「是你叫我扮白臉的！」

「那也用不著好到邀他們到你家吃晚餐吧。」

肥肉思忖片刻。「那吃午餐呢？」

「不行！」

「早餐喝咖啡？」

「**不行**！**金柏莉**，你聽我說……」

「不准叫人家**金柏莉**……」

「**金柏莉**，從現在起，交給我來訊問可以嗎？」

肥肉扳起臉來**生悶氣**。這位警探**悶悶不樂**到不願講話、不願點頭，甚至不願與任何人目光交集。對任何事都以聳肩回應。

排骨將他鋼鐵般的眼色轉向鎖定爺爺，單槍匹馬地堅決應戰。「三架名貴的古董機今天嚴重毀損。你想解釋一下嗎？」

「他不是存心損壞的！」傑克抗議。「這只是意外！我敢保證！」

「老先生，你一直很沉默，有什麼想爲自己辯護的嗎？」排骨質問。

傑克往爺爺那頭瞥了一眼。老人家會不會說什麼不該說的，讓自己在泥淖裡**愈陷愈深**？

26 扭轉局勢

倫敦警察廳地下室的審訊室裡，傑克不安地望著爺爺。老人家會如何語不驚人死不休呢？爺爺拉直他的皇家空軍領帶，然後大無畏地直視排骨警探的雙眸。「我有話要問你！」他宣布。

「你在搞什麼鬼？」傑克低聲問道。

「對付蓋世太保唯一的辦法就是以其人之道，還治其人之身，」爺爺輕聲回話。

警探哪裡知道爺爺這個硬漢向來不許別人說「不」。

「海獅作戰計畫什麼時候展開？」他問道。

「什麼作戰計畫？」肥肉反問他。

「不要跟我裝傻！你很清楚我在說什麼！」爺爺怒吼，並起身在房間踱步。

兩位警探面面相覷，現在他們變得比爺爺還糊塗了。警界雙寶完全不曉得老人家在說什麼瘋話。「我們眞的聽不懂。」排骨回覆。

「這場仗你們不會贏的。不妨轉告你們的朋友希特勒，就說是我說的！」

「我這輩子都沒見過他欸！」肥肉抗議。

「快跟我說哪天要發動地面進攻，否則你們兩個誰也不准離開房間！」

爺爺曾擔任皇家空軍飛官，渾身威風凜凜。局勢被扭轉，兩名警探畏縮不前。傑克敬佩有加。

「可是我跟人約好等下要打羽毛球欸……」排骨懇求道。

爺爺不再於審訊室踱步，而是把身子壓在桌面，臉湊到肥肉跟排骨面前。老人家雖然年事已高，卻還是令人望之生畏。「不講就不准離開房間！」

「可是人家好想尿尿哦！」肥肉打出哀兵牌。「不然要尿褲子了啦。」可憐的傢伙看樣子眼淚快要奪眶而出了。

「快說海獅作戰計畫要哪天展開！」

「怎麼辦才好？」肥肉低聲問。

「隨便亂答好了！」排骨回覆。

他倆異口同聲地答覆爺爺。

「星期一！」「星期四！」

沒先串供的下場就是被人識破。不過他們的確是在說謊。

「走吧，少校！」爺爺下令，傑克也起立立正。「留他們在這兒乾著急。我們要在明早前趕回去！」爺爺猛一轉身，面對警探。「你們最好實話實說，否則吃不完兜著走！」

語畢，老人家便闊步走向審訊室的金屬大門，傑克則緊跟在後。兩名警探對眼前的景象無言傻眼。傑克靈機一動，從門鎖一把抓下鑰匙，出門後把門帶上。他心兒怦怦跳，再次轉動鑰匙，把兩個男人鎖在房裡。

喀嚓。

這時警探才驚覺他們被擺了一道，衝向門口想要開門。可是太遲了。他們開始捶門求救。

「幹得好，長官。那……快溜吧！」傑克邊說邊拽爺爺的衣袖。

「少校，我還得做一件事，」爺爺回答。他拉開門上的小口，對房裡的兩名警探吼。

「對了，**金柏莉**千真萬確是女生的名字！」

然後傑克和爺爺拔腿就跑，穿過走廊、上樓，奔出倫敦警察廳。

27 敵營後防

爺爺受過皇家空軍的訓練，深知如何在敵營後防躲藏，不致被人俘虜。每位飛官都必須具備這項技能，畢竟飛機在敵軍占領區被擊落的可能性很高。

他跟傑克只抄小路，並且避開街燈的光線。祖孫倆到了最鄰近的倫敦火車站，等天夠黑了便攀牆而入，爬上他們要搭的列車車頂。冷得要死但仍死命抓緊，這樣一路搭車回家。

「中－中－中，校－校－校，我們爲－爲－爲什麼要－要－要爬上車頂啊？」傑克

直打哆嗦地問。

「依我對蓋世太保的了解，他們將會上車檢查每位乘客的身分證件，尋找我們的下落，所以待在車頂比較安全。」

傑克的視線望向爺爺身後，發現火車正疾速駛進隧道。

「趴－趴－趴下！」小男孩吼道。

老人家猛一轉身，隨後俯臥在同樣位於車頂的傑克身旁。躲的不早不晚剛剛好。等他們通過隧道，爺爺爬起來跪著。「少校，多謝！剛才眞是死裡逃生。」

就在這一刻，有根低矮的樹枝往他後腦杓一摑。

啪嗒！

「哎呀！」

「長官，你沒事吧？」

「老小子，我沒事，」爺爺答覆。「該死的敵軍居然在這兒擺了根天殺的樹枝暗器！」

傑克非常肯定希特勒跟他的納粹盟友不是始作俑者，卻還是放棄跟爺爺爭辯。

他們最終抵達車站時已逼近午夜，轉瞬間也走回爺爺家的那條路。他們的計畫是先在老人家的公寓避避風頭。先前在帝國戰爭博物館和倫敦警察廳掀起這麼大的波瀾，男孩覺得最好還是別回他家。

令傑克出乎意料的是，拉吉小店的燈居然亮著。報攤老闆還沒睡覺，忙著把剛送來門外的一捆捆明日早報搬進店裡。小男孩知道拉吉這個人值得信賴。幸好如此，因爲他跟爺爺正在逃離警方追捕。

「拉吉！」傑克呼喊。

報攤老闆望向漆黑一片的屋外。「是誰？」

祖孫倆沿街躡手躡腳地行走，緊貼著牆，避開燈光。過了一會兒報攤老闆才認出他們。

「傑克！邦汀先生！剛才把我嚇得全身毛毛的！」

「拉吉，對不起，我們不是有意要嚇你，只是不想被人發現而已。」小男孩說。

「爲什麼？」

「端茶的，這說來話長！」爺爺接話。「等等到軍官食堂幾杯黃湯下肚，我就跟你細說分明。」

「先生，眞高興你平安無事地回來了！」報攤老闆喊道。

這時有一輛車開進馬路，車前燈射向他們。

「我們最好先進屋去……」傑克說。

「是是是，當然了，」拉吉答覆。「請進、請進。還有麻煩幫我拎一捆報紙進來！」

28 代價慘痛的一通電話

報攤老闆打開店門，招呼傑克跟他爺爺進門。一進他商品琳瑯滿目的小店，他就示意老人家坐在其中一疊報紙上。「先生，就是這兒囉。」

「端茶的，你眞好心。」

「你餓不餓？渴不渴呀？邦汀少爺，別客氣，在店裡看到什麼喜歡的儘管拿。」

「眞的假的？」傑克問他。對一個十二歲的小男孩來說，這可是天大的款待。

「什麼都可以？」

「什麼都可以！」拉吉喊道。「你們兩位是我世上最喜歡的老主顧。來來來，別客氣，請自便。想拿什麼都行。」

傑克笑顏逐開。「金多謝。」歷經一整天的冒險，他迫切需要一些提神點心。於是小男孩替自己跟爺爺拿了幾樣東西。一包洋芋片、兩條巧克力棒、和兩罐鋁箔裝的果汁。

令小男孩詫異的是，拉吉開始在收銀機上記帳。「一鎊七十五便士，謝謝。」

傑克嘆了口氣，手伸進口袋找零錢，然後放到櫃台上。

「拉吉，給你。」

「邦汀夫婦幾小時前來店裡一趟，問我有沒有看見你們。夫婦倆愁容滿面。」

「哦，慘了。」先前處於亢奮狀態的小男孩一直沒把父母放在心上，現在他慚愧極了。「拉吉，我最好馬上打給爸媽。可以借用一下電話嗎？」

「當然可以！」拉吉邊說邊把電話往櫃台上一擱。「友情相挺，打電話不跟你收費。」

「謝謝你哦，」小男孩答覆。

「麻煩長話短說就對了。可以的話，不要超過四、五秒。」

「我盡量。」傑克望向爺爺，只見他正心滿意足地咀嚼巧克力棒，同時嘴裡念念有詞：「端茶的，定量配給幹得好。」

「抱歉餅乾沒了，」報攤老闆扯開嗓門說，「昨天夜裡我姑媽德麗緹闖進店裡，拚老命嗑掉四盒，就連硬紙板盒也嚼進嘴裡。」

「媽？是我啦！」傑克對著話筒說。

「你到底給我死去哪兒了？」他的母親回話。「我跟你爸到處開車找你，從白天找到黑夜！」

「嗯，我可以解釋，我——」但他話還沒說完，母親就插話。

「你的老師眞理夫人打來家裡，告訴我們今天在帝國戰爭博物館發生了什麼事。你弄壞一架**噴火式戰鬥機！**」

「那又不是我的錯。假如保全沒有那麼重——」

媽媽沒心情聽他解釋。

「我不想聽你狡辯！她說你爺爺哪裡不去，偏偏出現在博物館！而且還被警察抓。等我跟你爸千里迢迢跑去倫敦警察廳，他們卻說你們祖孫倆**逃跑了！**」

「這個嘛，他們只答對一半。其實我們是用走的離開警察廳……」

「閉嘴！現在你人在哪兒？」

拉吉打個岔。「可不可以請你行行好，叫你媽打來？你們已經講了一分鐘又三十八秒了，電話費很貴欸！」

「媽？拉吉問能不能請妳打過來？」

「哦，所以你們在拉吉店裡囉？**不准亂跑！我們這就過去！**」

語畢，小男孩的母親就用力掛上電話。

卡嗒！

嘟嘟嘟。

傑克抬頭，這才發現拉吉一直盯著手錶計時。「一分鐘又四十六秒。嘖嘖。」

「我媽說他們會直接過來接我們回去。」

「太棒了！」報攤老闆答覆。「那麼，等待的同時，有沒有興趣免費瀏覽一下店裡全新的聖誕卡呀？」

「不用了，拉吉，謝謝—現在都一月了。」

「這張超有聖誕氣息的。」男人邊說邊拿出一張其實完全空白的白紙給傑克看。

傑克看看卡片，再看看拉吉。他一度以爲報攤老闆發瘋了。「拉吉，可是上面是空白的欸。」

「不不不，邦汀少爺，這你就搞錯了。其實它是雪景的近照。是歡慶佳節的不二首選。十張卡只收一鎊。不然我還可以特價回饋給你……」

「我不意外。」小男孩嘀咕道。

「如果你一次買走一千張，我就給你打折！」

「不用了，拉吉，謝謝。」傑克禮貌地答覆。

可是報攤老闆對討價討價樂此不疲。「兩千張？」

就在此刻，屋外響起警笛。

「敵軍逼近了。」

29 暗夜黑影

起初警笛聽起來像在遙遠的某處，但在轉瞬間愈加刺耳。從聲音研判，彷彿有一整隊的警車朝拉吉的小店疾駛。傑克充滿責難的目光瞥向拉吉。

「我發誓我沒報警！」拉吉說。

「一定是媽報的警！」小男孩說。

現在刻不容緩，他一把抓起爺爺的胳臂，將他往門口拽。「中校，我們必須離開這裡。**現在就走！**」

但當他們衝進黑暗的室外，已經來不及了。祖孫倆被團團包圍。

十來輛警車呈半圓將傑克和爺爺困住，發出一陣尖銳的煞車聲。強光刺眼、噪音震耳欲聾。

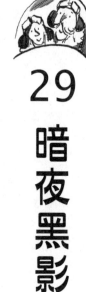

「雙手舉高！」其中一名員警吼道。

祖孫倆聽話照辦。

「我要被直接押去戰俘營了。我運氣不好，肯定會關在科爾迪茨堡。老小子，保重啊！老家見了！」爺爺低語道。

拉吉跟著他們出來。他在巧克力棒上繫了一條白手帕，舉白旗似地揮舞。「拜託別開槍！我店門口才剛裝修好。」

傑克的父母想必是搭其中一輛警車而來，因為如今他們突破了封鎖的員警。

夫婦倆奔向兒子擁抱他。

「我們好擔心你啊！」爸爸說。

「對不起，」傑克道歉。「我不是有意要讓你們擔心。」

「噯，傑克，我們真的很擔心！」媽媽說。她見著兒子，語氣也變得柔和。

「他們會對爺爺怎樣？」小男孩問。「千萬不可以送他坐牢。」

「不會的，」媽媽答覆。「沒有人願意這樣。就連警方也不樂見。我今晚打了通電話給牧師先生那位大善人。算爺爺走運。奇蹟出現，牧師爲他在**暮光之塔**那家養老院占了個位子。」

說著說著，有道黑影步出其中一輛警車。由於她身後的車前燈太刺眼，傑克一開始只能分辨她的輪廓。她是個矮又結實的女人，頭上好像戴了頂護士帽，肩上似乎繫了條披風。

「**妳是誰？**」傑克問道。

人影慢動作地走向他。她的高跟靴在濕冷的人行道上發出回聲。等她終於走到他面前，她的臉扭曲成默劇演員的一抹微笑。

眼珠小、目光奸詐，有個朝天鼻，好像把鼻子貼在窗戶上那樣。

「啊！你一定是小傑克了！」她歡快地說。雖然她語調輕快，傑克卻能感覺她的字裡行間蟄伏著黑暗。「萬人迷霍格牧師打了通電話給我。我跟牧師很要好，都很關心鎮上的老人家。」

「我問『妳是誰』？」小男孩重問一遍。

「我是豬玀夫人，**暮光之塔**的總管。我來這裡是爲了把你爺爺接走。」女人愉悅地說。

第二部

生死攸關的大事

30 暮光之塔

當晚爺爺被帶到**暮光之塔**。警方同意不對老人家起訴，但交換條件是要把他送進養老院。

不用說也知道，傑克徹夜未眠，滿腦子想的都是爺爺。所以隔天一放學，傑克就騎著他的那台三輪車直奔**暮光之塔**。小男孩盡全速踩踏板，騎得十萬火急，一是爲了快點見著爺爺，二是爲了不讓學校的小朋友看到他騎娃娃三輪車。傑克正在存錢買美式機車，這種車外型不太像單車，反而更像摩托車；不過目前爲止，他存的錢只夠買一個腳踏板。

暮光之塔離鎮中心有點遠。隨著成排的小屋消逝，荒原便映入眼簾。一棟古老的建築物座落丘頂，一堵高牆將其圍繞，正面是森嚴的高聳大門；與其說是養老院，它看上去其實更像監獄。跟迪士尼樂園八竿子打不著。

傑克在泥巴小徑上艱難地騎著三輪車，最後停在正門口。大門用厚實的金屬打造，頂端插了尖鐵。文體華麗的兩個金屬字「暮塔」焊在門上，代表「**暮光之塔**」。門外有塊招牌，上頭寫著——

這裡新開張。鎮上前一家養老院——「陽光之家」——在一場莫名的意外中被推土機給拆毀。

暮光之塔其實是由維多利亞時代的一間瘋人院改建而來。小窗星羅棋布，點綴這棟高聳的磚房。不過每扇窗都加裝鐵條。這棟建築物雖然名爲老「人」院，事實上卻散發一種不祥的氣息，只要是「人」都不會想住。養老院一共有四層樓，屋頂又矗立著一座高高的鐘塔。

養老院兩側的土地各新建了一座瞭望塔。瞭望塔的頂端設置了探照燈，由虎背熊腰的護士操控。這麼滴水不漏的保全，究竟是防閒雜人等進來，還是怕住戶出去就不得而知了。

傑克伸手搖大門柵欄，想看門有沒有上鎖。

吱吱吱！

小男孩感覺有道電流竄進體內。

「啊！」彷彿他整個人同時頭下腳上、由裡翻到外、再加上前後錯置。他趕緊鬆開柵欄並深呼吸。疼痛如此劇烈，他感覺自己快要吐了。

「來者何人？」低沉的嗓音透過擴音器傳送而來。傑克眨眨眼，

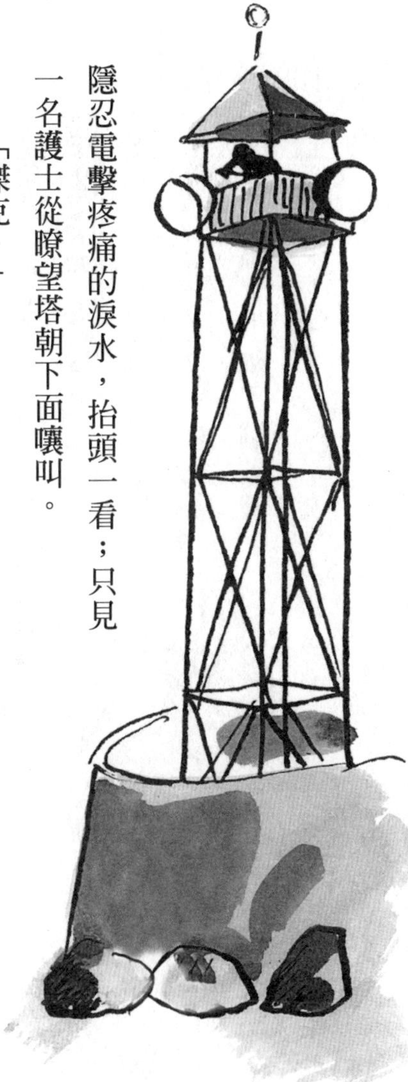

隱忍電擊疼痛的淚水，抬頭一看；只見一名護士從瞭望塔朝下面嚷叫。

「傑克。」

「哪家的傑克？」擴音器把護士的聲音變得像是機器人。

「龐汀家的傑克。我來看我爺爺。」

「只有星期日才接受訪客。你到時候再來吧。」

「可是我騎大老遠來的欸……」傑克不敢相信他被拒於門外。他只是想見爺爺一面。

「必須得到總管允許，才能在非官方指定時間進暮光之塔探視親友。」

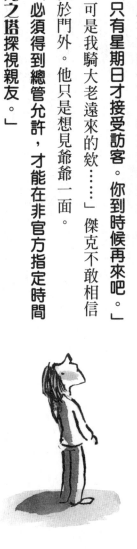

「我有！」小男孩撒謊。「真的，昨晚我碰到豬玀夫人，她叫我今天下午過來。」

「進門跟櫃台報告。」

嗶！**叮噹**。

大門自動開啓，小男孩慢慢騎車入內。

碎石小徑很難騎車，倘若騎的是娃娃專用的三輪車，更是難上加難。

傑克終於騎到大木門前。小男孩按門鈴時，才發現他的手在顫抖。

咔嗒咔嗒。

這扇門想必上了十道鎖，所以才要開這麼久。

咔嗒咔嗒咔嗒。

最後，一個高頭大馬的護士把門打開。她腿毛濃密，嘴裡嵌了顆金牙，胳臂上刺了個骷髏頭。儘管長相打扮如此豪邁，她別

的名牌上竟寫著「雛菊護士」。

「怎樣？」女人嗓音低沉地說。全世界最不適合「雛菊」這個名字的人就是她了。

「哦，妳好！」傑克禮貌地打招呼。「我想請妳幫忙。」

「你想怎樣？」雛菊質問。

「我要找我爺爺亞瑟．龐汀。他昨晚住進來的。」

「今天不接受訪客！」

「我知道，我知道，可是昨晚我碰到豬玀夫人，不曉得能不能跟她說幾句話？」

「在這兒等著！」護士邊說邊在他面前用力關上那道厚重的橡木門。

「總管！」他聽見她河東獅吼。

然後小男孩等到天荒地老，不再奢望有誰會回來。最後，他聽見沉重的腳步聲在走廊回響，前門猛然一開，眼前的景象教人**慘不忍睹**。

31 全世界最醜的護士

暮光之塔的總管站在門口。這個矮冬瓜頭戴護士帽，左右伴著兩名異常魁梧的女漢子，使夾心餅乾的她顯得更矮。

其中一位護士臉上有個黑眼圈，指關節上刺了**「愛」與「恨」**。

另一位護士脖子上有蜘蛛網的紋身，下巴還長了貌似鬍渣的東西。

她們都對小男孩繃著臉。你作夢也想不到會遇到這麼醜的護士。傑克的目光在她倆的名牌上游移——「玫瑰護士」和「花兒護士」。

豬玀夫人手上轉的東西乍看之下像是警棍。她一手抓著棍子，再拿它有節奏地輕拍另一手的掌心，營造在沉默中釋放恐嚇訊息的效果。警棍的一端有兩根金屬小尖齒，另一端則有顆按鈕。它到底是什麼新奇的玩意兒？

「唷唷唷，我們又見面啦。小傑克，午安。」豬玀夫人柔聲低語。

「總管，午安。很開心我們又見面了，」他撒謊道。「也很高興認識兩位，」他又說了個謊。

「跟你說，爲了照顧**暮光之塔**上上下下的老傢伙，我們忙得要死要活。請問有何貴幹啊？」

「我想見我爺爺。」小男孩答覆。

兩名護士聽了自顧自地竊笑。傑克不懂他剛說了什麼那麼好笑。

「眞的好替你心疼哦，可是現在不接受訪

客。」豬玀夫人答道。

「爲、爲、爲什麼？」小男孩緊張地問。

「你爺爺在睡午覺。我這裡的老傢伙最喜歡午休了。你也不想打擾爺爺休息，對吧？你不覺得那樣很自私嗎？」

「可是如果爺爺知道我來了，一定會想見我。我是他唯一的孫子欸。」

「這就怪了。他搬來這裡之後，一次都沒提過你。說不定早就忘記你了。」

假如這句話是故意要傷傑克的心，那麼她成功了。

「拜託！」傑克苦苦哀求。「我只想見爺爺一面，想看他過得好不好。」

「我再說最後一次，你爺爺在午休！」總管開始失去耐性。「他剛吃完藥。」

「吃藥？『吃藥』是什麼意思？」傑克印象中爺爺根本不用吃藥。事實上，不管是什麼藥，老人家一律拒絕，他說自己「壯如牛」。

「我親自開處方籤幫他入眠。」

「可是現在還早，他根本不必這麼早睡。又還沒到他的睡覺時間。讓我見他！」小男孩撲上前，企圖硬闖，但是馬上遭到玫瑰護士擊退。她的長毛大手扣住他的臉，把它當球似地往後推。

小男孩踉踉蹌蹌地退回碎石路，一屁股跌在地上。護士們見狀笑得合不攏嘴。

「哈！」

傑克手忙腳亂地爬起來。「不准妳們這樣糊弄我。我現在就要見爺爺！」

「對**暮光之塔**的全體員工來說，老傢伙的福祉是我們最深的牽掛，」豬玀夫人宣稱。「所以我們爲他們設計嚴謹的時間表。如你所見，參訪時間就寫在這兒……」她用警棍指向牆上的招牌。

上頭寫著——

暮光之塔

開放時間：

星期日下午三點到三點十五分

逾時不候

其他非官方指定時間

一律嚴禁參訪

「連一小時都不到！」小男孩表示抗議。

「嗚嗚嗚，」豬玀夫人假哭，臉上隨後浮現一抹賊笑。「那麼，不好意思，我還有老傢伙的事要操煩。總不能讓一個討人厭的自私小鬼毀了他們的生活，對吧？護士？」

「是的，總管。」她倆異口同聲地說。

「請護送這位小朋友離開。」

「遵命，總管。」語畢，兩名虎背熊腰的護士就跨步向前。

玫瑰護士和花兒護士同心協力勾起傑克的胳臂，將他架起。她倆不費吹灰之力拎他穿過碎石小徑，走向正門。

傑克試圖伸腿踹，但是護士又高又壯，任他怎麼掙扎都敵不過。

總管眼睜睜地看著男孩被架走。她竊笑著一邊對傑克微微揮手，一邊呼喚：

「想你哦！
記得要趕快回來
看我們唷！」

32 垂柳

玫瑰護士和花兒護士把小男孩直接丟在門外，彷彿當他是一袋垃圾。傑克的三輪車隨後也被扔出來，哐啷啷地落在地上。

哐啷！

接著金屬大門嗖地一聲關上。

碰咚！

兩名護士在門內目送男孩自個兒爬起來、跨上三輪車，上路騎走。

此時夕陽西下，天際染成一片緋

紅。夜幕將要低垂。**暮光之塔**座落於荒原邊上，所以街燈少、間隔又遠。很快就要天黑了，而且是鄉下伸手不見五指的黑。

傑克騎了好一陣子，再回望身後。如今**暮光之塔**離得好遠，既然他看不見護士，護士自然也看不見他。

只要能見到爺爺，哪怕是上刀山下油鍋，都攔不住傑克這個小男孩。更重要的是，他認清豬玀夫人和她旗下的護士不值得信賴。等他騎到一片樹林，卻跳下三輪車，把它藏到一叢灌木下，再拿樹枝覆蓋——如同爺爺說的，皇家空軍會掩藏地面的噴火式戰鬥機，免得被天上飛的敵機發現。

傑克慢慢徒步走回那家陰森的養老院。他選擇避開馬路，穿過通往**暮光之塔**的荒原。雖然只有月光照亮小徑，傑克最終還是抵達養老院的外牆。外牆比他高得多，又有鐵絲網纏繞牆頭。翻牆是天方夜譚，所以傑克必須動動腦，而且腦筋要動得快。

牆邊長了一株垂柳，它的兩根樹枝剛好垂入**暮光之塔**周圍的土地。不過有個難題：瞭望塔能將垂柳盡收眼底。塔上的巨型探照燈來回掃射土地。這可危險了。傑克心驚肉顫，他以前從來不敢做這麼大膽的事。

傑克緩慢但穩當地爬上垂柳。正值冬季，葉子掉光了，所以比較好爬。他先搖搖擺擺地攀上樹幹，再沿著樹幹徐徐爬行。但是悲劇發生了，樹枝承受不住他的體重，向下彎折，驚動一群在那兒棲息的渡鴉。

嘎嘎嘎。

黑鳥受驚振翅而飛、叫聲嘈雜不休。探照燈的光束在黑暗中來回繞圈，最後鎖定柳樹。

傑克盡快挪動身體，躲到樹幹的背面閃避光束偵查。他緊

嘎嘎嘎 嘎嘎嘎 嘎嘎嘎

貼著樹，雕像一般地靜止不動。

光束在柳樹上逗留片刻，最終仍舊轉移搜尋陣地。雖然如此，瞭望塔的護士肯定起疑了。男孩只要一個差池就可能被逮個正著。天曉得豬玀夫人到時候會拿他怎樣？

傑克默數到十，再挪動身子回樹幹的另一側。小男孩跪著手腳並用，爬過垂在老人院廣袤土地的那根樹枝。可是不習慣爬樹的傑克錯估情勢。他太常待在房裡畫飛機模型，一點時間都不留給戶外活動。傑克就這麼一路爬到樹梢，以爲自己的體重可以當作槓桿。

嘰嘎……

問題是樹枝支撐不了他。

嘰嘰嘎嘎。

所以斷了。

啪嗒！

33 蛇一般地滑溜

小男孩跌入長草中。瞭望塔的探照燈繞著**暮光之塔**的土地打轉。儘管這一跤跌得他差點喘不過氣，傑克還是默不作聲，一動也不動地躺在原處。他透過視角察覺打圈的光正向他逼近。男孩內心驚慌失措、想要拔腿就跑，卻又想起爺爺教過遇到這樣的處境該如何應對。切勿輕舉妄動。等探照燈終於撤離，小男孩才慢慢抬起頭來。他跟養老院之間仍有一大段空曠的路要走。要怎麼掩人耳目地過去？

爺爺教傑克的另外一課是：在空曠的土地，要跟蛇一般地滑溜。傑克作夢也想不到有天他真的得在現實生活中的冒險運用這些技能。但如今小男孩在濕冷的草地匍匐前進，爺爺的教誨確實派上用場了。

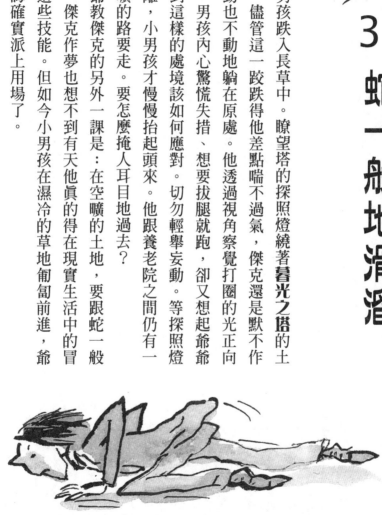

路途艱難，但小男孩最後還是抵達養老院的主樓。

現在的問題在於：爺爺人在哪裡，傑克一無所知。他緊貼外牆，沿著樓房周圍走，遇到窗戶便彎下腰來。**暮光之塔**只有一個進出口，那就是護士一鎖再鎖、鎖了又鎖的前門。傑克發現養老院後面有個門，只不過被磚頭堵住了。

小男孩戰戰兢兢，以免被人發現；他偷瞄其中一扇窗，發現窗裡是一間寢室，房裡肯定有二十來張床。床鋪整整齊齊地排成兩大排，雖然現在還不到晚上六點，養老院的婆婆卻都被安頓在床上了。傑克一一掃視她們的臉，發現每位都睡得很熟。寢室裡沒有男人，所以小男孩又繼續往別處找。

傑克過了兩扇窗，窺視一間貌似藥房的房間。房裡上至天花板下至地板，堆滿了藥丸、各類藥品、和針筒。一名身穿實驗外套、身材粗壯的護士來回踱步。藥房裡想必

有成千上萬顆藥丸——份量多到就算一整隊的大象都能被下藥催眠，更何況一百多位老人家。

小男孩在一樓又多偷窺兩扇窗，但只發現一間髒廚房和空客廳，所以決定去搜樓上。他卯足力氣，開始爬養老院側面的排水管。

他沿著二樓狹窄的壁架徐行，走到第一扇窗前。傑克窺見窗裡有間嵌著橡木的宏偉辦公室。總管正坐在一把奢華的皮製扶手椅上；她斜倚桌前抽大雪茄。她將一雙小腳翹在桌面，往頭上吹縷縷濃厚的灰煙。豬玀夫人私底下的一面和她示眾的形象有天壤之別。

一大幅鑲著厚實金框的總管畫像掛在壁爐上。他盡量貼著牆，頭微微一歪，取得更佳的視野。只見她在寬大的皮面書桌前整理一大疊文件。豬玀夫人將雪茄擱在水晶玻璃煙灰缸，接著開始工作。

最後，她將紙放進打字機，開始敲鍵盤。

首先，總管從文件堆裡挑出一張紙，再拿張複寫紙蓋在上面。

第二步：她拿鉛筆慢而穩當地描底下的原稿。

第三步：她將複寫紙翻面，用鉛筆的筆尖塗滿整張。

第四步：她從抽屜取出一張全新的白紙，將複寫紙翻面，蓋在上面。

第五步：總管用鉛筆用力描字，使字跡在底下那張白紙顯現。

豬玀夫人敲了好一會兒的鍵盤，然後心滿意足地端詳成品。接著，她將原稿揉成一團、扔進爐火。看著紙球著火，她低聲輕笑，又抽起那根又大又長的

雪茄。

豬玀夫人到底在搞什麼鬼？

小男孩站在狹窄的壁架上目不轉眼地呆望，怎知腳竟然滑了一下，他手忙腳亂地抓扒，免得墜樓。

總管這時突然抬頭，彷彿聽見窗外的異狀。傑克緩緩移開窗前，身子緊貼著牆。

女人從皮椅上起身，走到窗畔。她用朝天鼻抵著玻璃窗，使得她的鼻子前所未有地朝天，然後凝視屋外的黑暗……

34 藏在鬍子裡

傑克紋風不動，屏息以待。總管站在她位於**暮光之塔**高處的辦公室眺望窗外，距離近到小男孩可以聞到雪茄味。他一直很討厭雪茄味，現在喉嚨癢想咳嗽。他暗自祈禱：**別咳啊！拜託拜託千萬別咳！**

總管仔細聆聽，但萬籟俱寂，於是她輕蔑地搖搖頭。最後，她拉上懸在窗前的、厚實的黑色天鵝絨窗簾，這樣任誰都無法偷窺了。

傑克第一個念頭就是衝回家告訴爸媽他覺得總管圖謀不軌。不過男孩有所遲疑，因爲他說謊在先，說他放學之後要去西洋棋社。除此之外，爸媽相信他的機率也是微乎其微。畢竟他們已設法說服自己**暮光之塔**是爺爺的最佳去處。

小男孩索性沿著狹窄的壁架緩緩挪到另一扇窗前。那個房間燈是關的，但傑克在幽暗中認出一幅令人膽寒的畫面。一排又一排的棺材！

傑克繼續沿著壁架走，凝視下個房間。房裡燈是開的，乍看之下像是一間

古董店。上至天花板下至地板，滿是古代的油畫、花瓶，與時鐘。東西看起來全都價格不菲，而且兩名護士正拖著一面看似名貴的金框古董鏡進來，將它靠在牆上。這些寶貝究竟是打哪兒來的？

探照燈刺眼的光束掠過養老院，差一點就要照在傑克身上。小男孩盡全速拐過轉角，避開探照燈的搜查範圍。

傑克攀爬酷寒的排水管上三樓，手指快要凍僵了。儘管如此，他還是勇敢向前，凝視最近的那扇窗。這間房也是寢室，甚至比第一間還要大。擠在

一起、躺在過小床鋪的，是一排又一排的老公公。

跟女生寢室如出一轍，這些老公公動也不動地僵硬著，陷入深深的沉睡。

小男孩掃視每張面孔，急著找爺爺。他想知道這位老人家（同時

也是他全世界最愛的人）是不是還活得好好的。

他來來回回掃視成排的床鋪，最後終於發現了招牌皇家空軍的八字鬍。爺爺！老人家雙眼緊閉著，似乎跟其他室友一樣陷入深深的沉睡。

爲了保持平衡，傑克單手抓住窗前加裝的金屬條，另一手往裡伸，用指尖摸索窗戶邊緣，看能不能從外面把它撬開。

但不出所料，它跟這座堡壘的每扇門窗一樣都上了鎖。

傑克費盡千辛萬苦好不容易走到這一步，至少要試著跟爺爺接觸再打道回府。小男孩不曉得還能怎麼辦，索性開始敲打窗戶。

啪啪啪。

起初輕輕敲，後來愈敲愈大聲。

啪啪。

剎那間，爺爺緊閉的雙眼睜了一隻。接著又睜一隻。現在傑克窗戶拋得更用力了，床上的老人家猛然坐直身子。他身上那件邊緣磨損的睡衣褲，看起來像是二手、三手、或者甚至四手衣。老人家看見乖孫站在窗外，臉上不由自主地泛起微笑。爺爺迅速左右張望，確定沒有危險，才躡手躡腳地下床走到窗畔。

老人家從房裡設法把窗子開了點縫，祖孫倆才能聽見彼此講話。

「少校！」爺爺輕聲呼喚，照慣例敬禮致意。

「中校！」小男孩喊道，他一手抓緊窗戶鐵條，另一手敬禮。

「如你所見，敵軍把我關在科爾迪茨堡——也就是戒備最爲森嚴的戰俘營！」

傑克沒有反駁爺爺。戳破老人家的幻覺只會令他更糊塗。更何況，說老實話，與其說是養老院，**暮光之塔**其實更像戰俘營。

「長官，我很抱歉。」

「龐汀，錯不在你。這是戰爭的常態。肯定有路可逃，只是眞該死，還沒給我找到。」

傑克望著爺爺身後那些昏睡到不醒人事的老公公，問他：「怎麼其他人睡得酣甜，你卻清醒得不得了？」

「哈哈！」爺爺頑皮地笑了兩聲。「守衛像是發糖果那樣，逼我們所有人吃藥。光吞一顆就足以讓人失去知覺。」

「長官，那你怎麼沒吃藥？」

「守衛站你面前，確定每個人服藥。我把藥含在嘴裡，假裝吞下肚。等他們送藥給下名囚犯，我就把藥吐出來藏在我的八字鬍深處。」

語畢，他便從濃密的捲翹鬍鬚底下取出兩顆色彩鮮豔的藥丸。

老人家太天才了！

傑克心想：一日英雄，終生英雄。

「中校，你真厲害。」小男孩說。

「少校，謝謝。真高興你來了。現在可以把計畫付諸行動了，而且愈快愈好。」

傑克大惑不解。「中校，什麼計畫？」

爺爺望著他，咧嘴一笑。

「當然是脫逃計畫啦。」

35 還要更多襪子

老人家計畫的一部分是交付孫子一張購物清單，上頭列了必須從外面偷渡到**暮光之塔**的物品。當晚傑克在床上閱讀清單，但就是搞不懂脫逃計畫裡，爺爺打算怎麼運用這些東西。

清單如下：

—巧克力聰明豆
—細繩
—襪子
—橡皮筋
—空錫罐
—地圖
—更多襪子
—湯匙
—茶盤
—蠟燭
—輪式溜冰鞋
—還要更多襪子

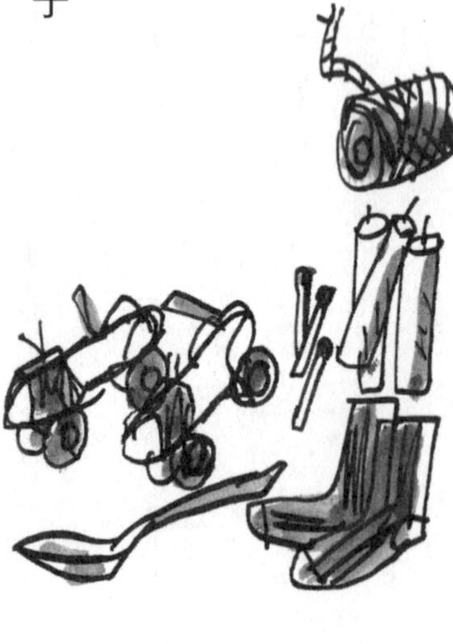

巧克力聰明豆很好搞定。隔天早上，傑克在上學途中造訪拉吉的小店，在店裡找到許多聰明豆。更棒的是，傑克運氣好——報攤老闆的彩色巧克力正在舉行特價優惠。三十八條只賣三十七條的價錢。

傑克在家中的垃圾筒挖出空錫罐，拿到水龍頭底下沖。

在地方上的慈善義賣店買到便宜的二手輪式溜冰鞋。

橡皮筋、細繩、湯匙、蠟燭，跟火柴遍布在家中四處各個抽屜和櫥櫃。

至於襪子，爸爸有好多不成對的襪子散落各處；傑克相信就算不見，父親也不會察覺。

沒人知道襪子跑哪兒去了。這是宇宙最大的謎團之一。要嘛被吸進時空皆壓縮的黑洞，要嘛卡在洗衣機底部。反正傑克的父親襪子多得是。

最難從廚房偷渡的就屬茶盤，因爲它體積龐大。傑克必須將它塞進褲子背面，然後將套頭毛衣遮住頂部。他站著不動時，看起來沒啥異狀；但一開始走路，就彷彿成了機器人。

那天，繼傑克盡力貢獻每分每秒蒐集爺爺需要的物品，他坐在上鋪等待天色轉暗。父母不疑有他，以爲他睡得香甜，他卻遵照爺爺的指示，從臥室窗戶溜出去。

那晚月兒低垂。樹影在**暮光之塔**的土地上延伸。攀爬垂柳，從它另一根懸掛的樹枝往下跳時，傑克必須格外謹慎，以免行蹤被人發現。他在草地匐匍前進，最後一扭一擺地爬上排水管，到男生寢室。

傑克一來到窗前，他的爺爺便耀武揚威地宣告：「我要挖出一條出去的路！」

一如昨晚，傑克在養老院側邊高處的狹窄壁架上險象環生，努力保持平衡。窗外加裝鐵條，所以窗戶只能開個細縫。祖孫倆交談的同時，傑克將爺爺清單上的物品透過狹縫全遞給他。

「挖？」小男孩無法相信這是個好主意。

「少校，當然是用**湯匙**挖囉！」

36 用湯匙挖?!

「你要用湯匙挖一條出去的路？」傑克問道。小男孩不敢相信他的耳朵。

「你想要在牆壁挖出一條隧道？」

「龐汀，沒錯！」窗戶鐵條另一頭的爺爺答覆。「今晚就動手。我要趕快坐著我的噴火式戰鬥機**上青天，上青天，開飛機遠走高飛**。你一走，我就要溜去地窖，開始鑿石頭地板。」

傑克不忍心戳破爺爺的美夢，但老人家的計畫擺明了會以失敗收場。光是挖通地窖的地板，就得花好幾年的時間，更何況是用湯匙挖。它又不是一根特別大的湯匙。

「錫罐帶來了吧？」老人家繼續說。

傑克把手伸進外套口袋，從窗縫遞送兩

個焗豆舊罐頭。

「長官，這是當然。你要拿它們幹麼？」

「**當桶子啊，龐汀！桶子**！我要拿它們裝我用湯匙挖出來的土，然後運用滑輪系統送出隧道。」

「怪不得你還要細繩！」

「沒錯，少校。腦筋轉快點！」

「那你要拿那些泥土怎麼辦？」

「老小子，這就絕了。這時候襪子就派上用場啦！」

「襪子？長官，我聽不懂，」小男孫邊說邊伸手進口袋，掏出一堆爸爸的舊襪子。

「這隻襪子破了個洞！」爺爺停下來檢查時不由得抱怨。

「長官，對不起，因爲我不知道你要拿它們做什麼。」

「少校，讓我跟你解釋。等天一亮，隧道工程挖得告一段落，」爺爺繼續往下說：「我就會把泥土統統裝進襪子，然後在襪口繫橡皮筋。我會將泥土襪或今後正名的『泥襪』塞進褲子。然後我再請求司令官讓我到花園勞動服務。」

「司令官？」男孩搞糊塗了。

「對，腦筋轉快點！管這個戰俘營的啊！」

傑克暗忖：**總管**！「長官，你說的是。」

「我一到花床，會馬上趁守衛不注意的時候解開泥襪的橡皮筋，然後進攻！倒掉泥土！接下來，我會學企鵝來回曳步，把土踩平。」

爲了闡明這個逃亡計畫的特定步驟，爺爺在寢室裡學企鵝繞圈子。

「長官，我還是不懂爲什麼需要茶盤和溜冰鞋欸。」傑克說。

「龐汀，我正要說嘛！我會把溜冰鞋綁在茶盤頂部，這樣就能躺在上面在隧道來去自如啦。」

「這樣啊，長官，你眞是設想周到、萬無一失。」

「龐汀，這叫作天才。**智多星！**」爺爺有點驕傲過頭地說。

「不過，長官，你千萬要小心，別把大家吵醒。」小男孩低語道，他指的

是寢室裡成排睡覺的老公公。

「老小子，就算有人扔炸彈也吵不醒他們。守衛給我們的安眠藥連犀牛都能迷昏。我的戰俘室友每天清醒的時間不超過一小時，隨便喝幾口稀稀的湯就直接倒回床上！」

「所以你才要我準備那些巧克力聰明豆！」小男孩推測。

「答對了，少校！我鬍子裡能藏的該死的藥丸就只有那麼多。現在連司令官都起疑了。」

「長官，眞的假的？」

「眞的，她想知道爲什麼我比其他人清醒得多。於是守衛將我的劑量加倍，像老鷹似地盯著我吃藥。這就是爲什麼我計畫闖進這裡的藥房，把藥丸換成巧克力豆。斷了他們的庫存！這樣要我呑幾顆都沒問題啦。其實我對那些奇怪的巧克力豆的確情有獨鍾。」

傑克不得不把巧克力聰明豆遞給爺爺。

這是個大膽的妙計；可是，站在狹窄壁架的小男孩眺望暮光之城寬廣的土地。圍牆至少有一百公尺厚。

目前工具只有一支湯匙、幾隻舊襪子、和一個底下加裝溜冰鞋的茶盤，如果要挖通隧道，老人家將花上一輩子的時間。

但爺爺沒有一輩子的時間。

傑克必須幫他的忙。

可是他不知道該怎麼幫。

37 好黑暗，好恐怖

星期天到了，**暮光之塔**的親友探訪時間到了。但探訪時間連一小時都不到。只有十五分鐘。下午三點到三點十五分。傑克之前以身試法，所以知道如果你想在其他非官方時間探親，護士會護送你離開養老院的地盤。

前往探親的途中，一家人幾乎全程靜默地坐在車上。

傑克的父親坐在駕駛座，眼睛直視前方不發一語。小男孩從後座瞥了一眼後視鏡，只見爸爸雙眼迷濛、淚水盈眶。

傑克的母親坐在副駕駛座，聒噪地講個沒完，想填補沉默。她講的都是陳腔濫調，都是人用來說服自己都不相信的事時會說的話。像是「這麼做最好」還有「我猜他在那裡比待家裡快活多了」以及「我相信最後他總會適應那裡、愛上那裡的」。

小男孩得忍著不說話。他已祕密拜訪過**暮光之塔**兩次了，但他的父母毫不知情。雖然他對那個鬼地方的疑慮爸媽不見得會相信，傑克還是希望等他們親自造訪**暮光之塔**，就會漸漸察覺事有蹊蹺。

車子歪歪倒倒開到金屬大門前，爸爸下車準備開門。傑克被電擊的回憶突然閃過腦海，於是他脫口而出：「**按電鈴就好！**」小男孩的父親一臉茫然，不過還是聽了兒子的建議。大門嗖地一聲開了。爸爸回車上，開車入內。

老舊的輪胎在碎石地上打滑。車身歪向一邊，**暮光之塔**順勢陰森地映入眼簾。

「這個嘛，看起來挺，呃，不賴的。」媽媽說。

等車一停在正門前，爸爸就熄火。傑克豎直耳朵。他聽見養老院那頭傳來樂聲。

嗒嗒　嗒嗒　嗒♫

那是「鳥之歌」，這首歌煩人到只要一竄進你的腦海，就再也忘不掉。

嗒嗒　嗒嗒　嗒♫

這張樂器演奏的唱片近來是人氣最旺的熱門金曲。

嗒嗒　嗒嗒♫

舉國上下，無論是婚禮、派對、還是小朋友的慶生會，這首歌百播不膩。

嗒嗒　嗒嗒♪

「鳥之歌」尖聲放送：**開心　開心　開心**！

嗒嗒嗒　嗒　嗒嗒　嗒嗒　嗒♫

可是一點都不開心。這是種折磨。

嗒嗒嗒　嗒　嗒嗒嗒　嗒！♪

令傑克傻眼的是，總管竟頭戴派對紙帽，從前門蹦出來。

「歡迎歡迎，歡迎光臨！」她歡樂的語調就和頭上戴的那頂醜帽一樣，跟她毫不搭軋。

豬玀夫人的目光移到小男孩身上，但他的父母並未發現她在瞪他。她意圖明顯：敢給我惹麻煩，你**麻煩**就大了。

「請進，請進！」總管招呼這家人進門。傑克目光銳利，第一個瞧見的是牆上被派對裝飾半遮半掩的一張公告。上頭寫著——

暮光之塔　住戶守則

奉總管豬玀夫人之命

- 報到時務必將所有個人物品，如：珠寶、手錶等貴重物品交至總管辦公室。
- 本院的護士皆是受過嚴格訓練的專業人士，所以她們的話不得違抗。
- 保持肅靜！除非院內職員和你交談，否則不准開口。
- 不准抱怨茶不好喝。我們知道茶喝起來像是有人撒了尿的洗澡水。因爲這是事實。
- 五點整熄燈。如果這麼晚不睡覺被我們發現，必須接受懲罰：只能用一支牙刷清馬桶。
- 洗澡日是每個月的第一個週一。洗澡水由每位住户共用。
- 任何時段都不准開暖氣。如果會冷，就來回跳個幾下。
- 只要是訪客帶來的蛋糕、餅乾、巧克力等零嘴，都必須立刻交給護士。
- 每上一次廁所，只准用一張衛生紙。無論是大號小號都一樣。
- 務必服藥。只要沒服藥，和你同寢的每位室友下半輩子都要連坐受罰。
- 嚴禁吹口哨和哼歌。
- 每間寢室只有一個便盆—不准多要。
- 本院提供的食物無論有多噁心，務必都要吃光。只要有剩菜剩飯，下一餐還是你的跑不掉。
- 不准直視總管，也不准直接和她交談。
- 不分日夜，只准穿睡衣睡褲。
- 任何時段都不准離開養老院的領土。你敢試試看，我就會用鏈條把你綁在床上。
- 如有任何怨言，請寫下投入投訴箱。院內每週五下午清空投訴箱，燒毀投訴信。

祝你住得開心

媽媽沒看見公布欄，她眼裡只有將公告半遮半掩的氣球和彩帶。她見狀好奇一問：「哦！總管，你們在開派對啊？」

「這個嘛，龐汀太太，妳只答對一半。我們**暮光之塔**隨時都在開派對！」豬玀夫人撒謊。「請進客廳，一起開－開－開心吧。」

傑克發現「開心」二字對豬玀夫人來說很難以啓齒。事實上，她好像把這兩個字當毒藥似地吐出口。可惜的是，爸媽似乎都沒識破這個女人是蛇蠍心腸。

謝天謝地，「鳥之歌」快播完了。但歌播完的刹那，一名魁梧的護士拾起電唱機的唱針，直接重播。

嗒嗒　嗒嗒　嗒嗒　嗒

客廳擠滿了老人家和爲數更多的護士。

乍看之下，老人們似乎都隨著樂聲愉快地搖擺。

「貝里，很棒對不對？」媽媽說。「這些老人家玩得很盡興呢！」

爸爸微微點頭。其實他沒專心聽，目光掃視屋內尋找父親。

「是這樣的，龐汀太太……」豬玀夫人打開話閘子。

「叫我芭芭拉或綽號『小芭』就好。」媽媽答覆。

「是這樣的，小芭，」總管從頭說起：「其實我不喜歡老王賣瓜，不過每個人都說**暮光之塔**之所以這麼特別，是因爲這裡的老人家住得多愉快。我想歸根究柢，還是因爲院內氣氛歡樂！我們可是**派對**高手呢！」

傑克討厭這個惡婆娘如此狡滑，想搏取他母親的信任。

「對了，還有一件小事，」總管突然話鋒一轉。「龐汀先生？」

「怎麼了？」

「之前我麻煩你帶令尊的遺囑，不知你帶了嗎？」

「哦，帶了，豬玀夫人，就在這兒。」爸爸把手伸進夾克內袋，遞給她一個信封。

叮！

傑克恍然大悟：**原來總管在辦公室裡搞的就是這個**。

現在他搞懂這個惡婆娘拿複寫紙做什麼了。她竄改老人家的遺囑，並在文末僞造他們的簽名。無庸置疑的是，她會成爲他們財產的唯一繼承人。這樣也破解寶藏室的謎團了。

這可是天大的詐欺啊。

「多謝！我只是要放在辦公室妥善保管。」

「爸！媽！」傑克驚叫。他必須告訴他們眞相。

「兒子，先安靜一下，大善人總管正在講話！」媽媽堅持要他閉嘴。

「好，總管，麻煩務必幫我們妥善保管，」爸爸繼續說。「感激不盡。」

小男孩絕望地環顧房間，突然又有了新發現。

好黑暗。

好恐怖。

好邪惡，令他毛骨悚然。

38 傀儡

傑克發現客廳裡的老人家沒有一個是自願活動的。

其實**暮光之塔**的粗勇護士正在操控他們，像是腹語表演家操控傀儡。一個耳戴助聽器、但機器高聲尖嘯的老公公貌似隨著音樂的節奏拍手。不過定睛一看，你會發現玫瑰護士抓著他的手移動。

一個老太婆貌似點頭。再看一眼，原來是花兒在動她腦袋打節拍。

第三位長者住戶鼻子紅潤、戴單片眼鏡，給人一種他是國標舞冠軍的印象。這位矮個男領著一個人高馬大的護士在客廳翩翩起舞，彷彿把這裡當作舞廳。不過，真有這回事嗎？仔細一看，其實是紫羅蘭護士帶的舞。她抱起這個小老頭。他的拖鞋刮過地板，閉著雙眼、高聲打呼。

除了龐汀一家三口，當天下午**暮光之塔**還有其他不少訪客。畢竟一星期只有十五分鐘的探親時間。其中一位訪客是個老公公，他戴的眼鏡有牛奶瓶那麼厚，看樣子是來探視妻子。他老婆身材跟小鳥一樣嬌小。這對老夫妻正在下西洋棋，不過其實是最粗勇的護士之一——鬱金香護手把手伸進老太婆的羊毛衫袖子，代替她移動棋子。傑克之所以能拆穿這個把戲，是因爲老太婆現在有雙長毛大手。

在此同時，兩個剛會走路的娃娃坐在一位相當豐腴的老太婆身邊，她想必是他們的奶奶。孩子的母親一副漠不關心，坐著

翻一本被翻爛的雜誌。老太婆看似在拍孩子的頭，但傑克眼尖發現一條釣線繫在她手上。他的視線循著那條在燈光下閃爍的釣線。只見它拉到客廳另一頭，最後消失在帷幔後方。另外一名護士——風信子護士手拿釣竿躲在那裡。護士時高時低地控制釣竿，老太婆的手也跟著動。

傑克暗忖：這太惡劣了。豬玀夫人每週日下午在**暮光之塔**上演這齣荒

唐秀，肯定只是爲了騙訪客。

這場秀或許騙得了別人，但騙不過傑克。

「豬玀夫人，我爺爺呢？」小男孩問道。「妳把他怎麼了？」

總管只是對小男孩微微一笑。「你們一到，我就派人去請爺爺來了。相信他馬上就來派對與我們同歡了……」

客廳的門正好在此時開啓。爺爺坐在老舊的木頭輪椅上，由雛菊護士推著進門，就是那名嘴鑲金牙、手臂刺骷髗頭的護士。

老人家看樣子睡得很熟。

不好了，小男孩心想。

他們一定還是強灌爺爺安眠藥了。雛菊護士把爺爺推到畫面閃爍的電視機前，傑克也立刻奔向他。爸媽知道祖孫倆感情有多好，

所以沒一同上前。

小男孩緊握老人家的手。

「她們把你怎麼了？」他高聲問，但不奢望得到回答。

爺爺突然睜開一隻眼。眼珠子轉了一圈，然後在孫子身上聚焦。

「啊，少校，你來啦！」老人家輕聲說。「來臥底的是吧？」

小男孩遲疑一下，點了個頭。「是的，中校。」

「好樣的。跟你說，巧克力聰明豆眞能掩人耳目！」老人家說到這兒便眨了個眼，孫子見狀也情不自禁地微笑。

爺爺把他們都糊弄過去了！然後老人家環視客廳，再對他說：「那麼，少校，想不想到外面花園做點……『勞動服務』呀？」

傑克馬上會意，回眨一下眼睛。

39 瘋子

豬玀夫人使出鷹眼目送爺爺和傑克一同走出客廳。由於當天開放家屬造訪**暮光之塔**，所以前門沒鎖，祖孫倆可以直接出門、進入花園。傑克的父母留在溫暖的客廳，從窗戶注視他倆。

一等到和主樓保持安全距離，爺爺就把兩隻裝滿泥土的襪子偷遞給傑克。在爺爺的命令下，他把襪子塞進褲裡，兩條褲腿各塞一隻。

他們一走到空有虛名的花床（其實是只有兩顆球莖的一小塊土地），小男孩馬上遵照爺爺的指示行事。他們像是兩隻企鵝左搖右晃地走路，爺爺帶頭，傑克有樣學樣，解開橡皮筋、倒掉襪子裡的泥土。泥巴順著他們的腿滑流而下，從褲管跑出來。他們先確定瞭望塔的護士沒注意，再用腳把泥土踏平，融入花床的土壤。

「中校，昨晚挖的泥土就這些嗎？」小男孩提問。

「是的，少校。」爺爺驕傲地回答。

傑克低頭看那少得可憐的泥土。頂多幾個罐頭的量。照這個速度，想必隧道不挖到二〇八三年不會完工。

「我要說的是，嗯……」小男孩話雖起了頭，卻沒能說完，深怕傷了老人家的心。

「老兄，有話直說！」爺爺要求道。

「好，是這樣的，我很擔心，如果你一個晚上只挖得了這麼多土，隧道可能要很久才能挖通。」

老人家輕蔑地看著小男孩。「你有試過只用一根湯匙挖通石頭地板？」

不用動腦想，答案便呼之欲出。傑克和地球人多數人類站在同一陣線，沒傻到嘗試這麼做。**「沒有。」**

「那我不妨跟你說，這件差事真是有夠辛苦！」爺爺喊道。

「那麼，長官，這項脫逃計畫，我能幫上什麼忙呢？」

老人家思忖片刻。「偷渡給我更大根的湯匙？」

「中校，恕我失禮，我覺得湯匙的尺寸其實差別不大。」

「我會不計一切離開這個地獄般的戰俘營。身為英國軍官，脫逃是我職責所在。你一定要保證明晚帶別支湯匙給我！」爺爺下指令。

「叉子如何？」

「老兄，這可是大工程欸。我需要大勺子！」

「長官，我使命必達。」傑克咕噥道。

「少校，我之所以能撐下去，完全只靠重返噴火式戰鬥機這個信念。」

就在這個時候，豬玀夫人終於按捺不住猜疑，火速破門而出。這位女士腳踏高跟靴左搖右擺地穿越花園，披肩隨風飄盪。她的兩位邪惡助手玫瑰護士和花兒護士也一左一右邁步向前。她倆高大粗勇，簡直就像總管的貼身保鑣。她們的身後是爸媽，兩人為了跟上腳步，跑得氣喘吁吁。

「在花園裡勞動服務是吧？」總管嚷著問。她字裡行間吐露了猜疑。

「對，沒錯。司令官，我們正在照料花床！」爺爺吼道。

「司令官？」豬玀夫人覆述。「這個老番顛以爲他在戰俘營咧！」

總管捧腹大笑。兩位護士雖然領悟力有些遲鈍，愣了一會兒也跟著嘲笑。

「哈！哈！哈！」

等爸媽一趕來花床，豬玀夫人便擺出風靡群眾的偶像姿態。「哦，在**暮光之塔**工作一定要具備幽默感哪！」

「總管，您眞是幽默大師。」玫瑰護士以粗啞的嗓音吹捧。「這裡的住戶好多都變老糊塗了。不過這位『爺爺』是腦筋最糊塗的。」

「妳好大的膽子！」小男孩說。

「兒子啊，不可以對好心的總管無禮。」媽媽說。

「瞧瞧他！」總管呼喊。「這個人是瘋子！」

「不對，司令官，我不叫『瘋子』，我姓『龐汀』！」爺爺糾正她。「格洛斯特的五〇一中隊倒是有一位叫『馮紫』的上尉。」

總管嘀咕道。「這個嘛，戶外寒意愈來愈逼人了，你們說是吧？」

「是啊，總管。」爺爺說。在冷空氣中微微發抖的他顯得好瘦小。

「麻煩兩位護士行行好，送可憐的龐汀先生回屋裡？」豬玀夫人下令。

「是龐汀中校啦！」爺爺抗議。

「是是是，你是中校！」豬玀夫人反諷地附和。

玫瑰護士和花兒護士同心協力地抓起老人家的腳踝，將他倒掛在半空，就這樣拎著他走回屋內。

「**放開他！**」小男孩吼道。

「有必要這樣抓他嗎？」爸爸懇

求道。

「他背痛，這樣拎才不會受傷！」總管喜孜孜地答覆。

傑克忍無可忍，撲向其中一名護士的背；但對方彷彿把他當作飛蠅，旋即大掌揮開。

「傑克！」媽媽一面驚呼，一面抓他胳臂，把他往回拽。

「司令官，我怎樣都不會招供的！」被拎走的老人家吼道。**「我寧願死，也不願背叛國王和祖國！」**

「還司令官咧！呵呵！真是點中我的笑穴！」總管話說完就看一眼手錶。「這個嘛，大夥兒都該回去派對狂歡了。還剩整整兩分鐘的時間可以探親呢！」

總管領著爸媽上前。「來，芭芭拉、貝里，兩位先請。」

不過，豬玀夫人留下來私下跟傑克小聊兩句。「我知道你在搞鬼，你這個小屁孩……」她嘶聲警告。「我會緊盯著你。」

小男孩頓覺毛骨悚然。

40 內褲結成的繩子

隔天傍晚，傑克挺直腰桿地坐在臥室上鋪。枕頭底下藏了支大勺子，那是午餐時間他在學校自助餐廳偷來的。他把勺子塞進褲管，所以走起路來一瘸一拐，像是裝了條木腿。

小男孩望著飛機模型在腦袋周圍懸盪，感覺心如刀割。他答應爺爺當晚稍後要再度祕訪**暮光之塔**。可是，就算換了根大勺子，爺爺脫逃的機會還是微乎其微。對小男孩來說，繼續裝瘋賣傻的唯一理由就是不讓老人家喪失希望。因爲假如失去希望，爺爺就什麼都沒了。傑克心想：或許爺爺可以靠挖隧道度過餘生，妄想哪天可以重見天日，只是永遠不會成眞。無論小男孩有多討厭**暮光之塔**和邪惡的豬玀夫人，他也實在別無他法。再跟父母懇談是徒勞無功。他們認爲兒子因爲太常跟瘋癲的爺爺相處，使得想像力太過豐富。對他們而言，這一切只是祖孫倆的幻想。

於是，小男孩定時規律地等待夜幕低垂。然後，他抓起大勺子爬出臥室窗外。可是，當他抵達**暮光之塔**，卻發現令人憂心的景象。之前他用來爬到爺爺宿舍窗戶的排水管被整個從外牆拽下來。如今管子七零八落地橫臥碎石地上。他是不是被總管跟她的護士軍團盯上了？這是他唯一可以爬樓的方式。小男孩深怕自己會誤踩陷阱，害爺爺惹上更大的麻煩，索性決定馬上閃人。但傑克在草坪上往回爬的同時，卻聽見屋頂傳來一陣聲響。

嘎吱……

那是小木門開啟的聲音。是不是豬玀夫人或她的哪個護士？傑克是不是被她們逮個正著？

他抬起頭，發現有個身影從養老院屋頂的小活板門爬出來。

是爺爺！

老人家連睡衣都沒換，正試圖從活板門擠出來。由於開口很小，他努力擠出

來的同時，睡褲往下滑，露出他鬆垮的屁股。

爺爺在屋頂爬行，然後站起身。他一恢復重心就趕忙拉起睡褲。

屋頂的坡度巒陡，一陣凜冽的北風吹過荒原，老人家搖晃不穩地走向屋簷。

傑克盡量壓低音量地對上頭的爺爺呼喊。「你到底在屋頂上幹麼啊？」

老人家一臉茫然了好一會兒，彷彿在判斷人聲是打哪兒來的。

「我在下面！」

「哦！少校！你在這兒啊！你要說的應該是：『長官，你到底在屋頂上幹麼啊？』千萬別因爲忙著打仗就忘了禮數。」

「抱歉——長官，你到底在屋頂上幹麼啊？」小男孩喊道。

「司令官起了疑心，派人把整個營區從頭搜到尾。其中一名守衛發現我在地下室挖的那條隧道。不過我說的『隧道』，其實是我拿湯匙在石頭地板上削的刮痕。這下子她們知道有人在策劃逃亡。稍早守衛衝進我們的囚室翻箱倒櫃。把東西翻得亂七八糟。破壞家具、掀開床鋪，就是爲了尋找線索。」

「她們找到湯匙了嗎？」

「**沒**！我想辦法把它夾在屁股間。這是她們唯一不會搜的地方！可是我再也夾不住了，所以得另外想個法子。今夜就來個大逃亡！」

「今夜？」

「少校，沒錯。」

「可是，長官，你要怎麼從上面下來？屋頂有四層高欸。」

「說得對。可惜我沒打包降落傘。不過，我想辦法把這些綁成一條！」老人家說完便跑回活板門，拉出一條不知道是什麼做的繩子。定睛一看，它根本不是繩子，而是三十幾條被爺爺綁在一起的花邊內褲。

「長官，這些內褲是打哪兒來的？」

「少校，這些不是我的。這是你想問的問題嗎？」

「長官，不是！」小男孩答覆。不過這一長串內褲實在有夠多，或許應該稱之為**「內褲串」**。

「我看見它們全晾在洗衣間！」爺爺繼續往下說。「一共有幾十條女性內褲！全是特大號。**真奇怪！**」

老人家開始展開臨時替代的繩子，慢慢往下放，直到繩子碰地。**不好了，傑克暗忖：我那年邁的爺爺光憑幾條花邊內褲就要挑戰高樓攀繩下降。**

「千萬小心哪，爺爺，我是說中校啦，長官。」

傑克從他地面的所在位置目睹爺爺將那串內褲的末端綁在**暮光之塔**頂端的鐘塔。

「長官，小心別讓結鬆開！」小男孩往上呼喊。

這位皇家空軍的老兵可不喜歡如此受人質疑。「少校，我知道該怎麼對付女性內褲，不勞你操心！」

爺爺拽了內褲串好幾次，確定將它綁牢了。然後，他雙手抓緊繩子，開始從養老院的側面往下溜。絲質內褲竟出奇強韌——輕鬆地承載他的體重。

他緩緩往地面滑。

爺爺一個沒踩穩，瞬時像是世界末日。他的一隻拖鞋從濕漉漉的磚塊滑落，砸中傑克的腦袋。

鏘！

「少校，請接受我誠摯的道歉。」

傑克拾起拖鞋，緊抓不放——對老人家強健的體魄和靈活的身手欽佩萬分——直到爺爺落地。小男孩一如以往向他行禮，並把拖鞋當勳章似地遞還。男人解開睡衣鈕扣，露出底下穿的西裝外套和長褲。

「老小子，謝謝！」爺爺一邊道謝，一邊把腳套進拖鞋。

傑克望向**暮光之塔**的領土。探照燈在遠處盡頭繞圈。如果動作夠快，他們

有機會掩人耳目、翻牆投奔自由。

「好了，長官，我們得馬上行動，」小男孩低語道。

「好的，少校，不過還有一件小事呢。」

「中校，什麼小事？」

「是這樣的，我們的『脫逃委員會』已有好多成員。」

「什麼叫作『脫逃委員會』？」傑克問道。

「**噗嗞！**」樓上傳來人聲。

祖孫倆抬頭一看，只見十來個老人站在屋頂。他們全穿著睡衣或睡袍。這時愈來愈多人加入，從狹小的活板門擠出來。

這下子要大規模突圍了。

41 好戲上場

「照順序下來！」爺爺發號施令。「一次一個，拜託。」

第一位年邁住戶攀繩而下時，傑克問：「他們不是都被餵安眠藥嗎？」

「沒錯。但我把巧克力聰明豆平分給大家了！」

「你的確跟我要了很多聰明豆。」小男孩感覺恐慌如浪潮鋪天蓋地而來。

「不過今晚有幾位要逃啊？」

爺爺嘆了口氣。「少校，這還要問嗎？從敵營脫逃是英國戰俘的職責。」

「每個住戶都要逃?!」

「一個都不能少！邱吉爾首相，你可以先煮開水了，我們就快趕回祖國喝下午茶了！」

只要每位老人落地，爺爺就向他們敬禮，而他們也脫掉睡衣，露出裡面的「老百姓」服。

「陸軍少校，晚安！」爺爺對一位紅鼻子、戴單片眼鏡的老紳士致意。傑克記得他在星期日的探親時間看過老人家。

「空軍中校，這眞是美好的突圍夜啊！」男人答覆。

爺爺又向下一位溜下內褲繩的老人家行禮。「海軍少將，晚安！」

「龐汀，晚安。逃脫行動眞是一齣好戲。」海軍少將答道，想必他曾經擔任海軍要職。他就是昨天在客廳戴助聽器的老人家，只是機器發出尖嘯，害得其他人跟他一起耳聾。

「哦，長官，多謝誇獎。」

「等打完仗，一定要上船跟我一起喝香檳慶祝！」

「樂意之至，」爺爺答覆。「晚安，祝你好運。」

「也祝你好運。那麼，這就是翻牆的路，對吧？」海軍少將繼續說，絲毫不急著逃跑。

傑克熱心搶答。「是，長官。只要爬上那棵柳樹的樹枝就能翻牆出去。」

「行行行，那我散步過去好了，」海軍少將回覆。「圍牆外見。」語畢他便向男孩敬禮，準備點他的煙斗。

「長官，是否等翻過牆再抽煙斗？」傑克建議。「不然會被發現的。」

「**對對對**！你說的是。我真傻！」老人將煙斗放回口袋，踏入黑暗。

這時屋頂突然傳來一陣喧嚷。最後一名逃亡者卡在活板門動彈不得，傑克認得她是昨天待在客廳的胖太太。如今她正向下面呼救。

「中校，我卡住了！」她喊道。

「不好了！」爺爺嘆息著說。「是蛋糕太太。她一定是女備隊的成員。」

「空軍女性後備隊？」小男孩問道。

「沒錯，不過她放著勘測敵機位置的本業不管，只顧著吃蛋糕！我早該料到她穿不過那狹小的活板門。少校，你待在這兒。我這就回去！」他宣布。

「長官，不行！」傑克違抗上級。「太危險了。我跟你一起去！」

爺爺對小朋友展露笑顏。「少校，精神可嘉！」

語畢，祖孫倆便抓著內褲繩往屋頂爬。「往上爬難度高很多！」老人家說。

這時內褲串已快被拉斷。往上爬的途中，傑克看見絲綢內褲的裂痕，猜想這條繩子可能無法承載蛋糕太太的重量。沒辦法了。怎樣都得試試看。

最後祖孫倆設法攀到屋頂。

傑克和爺爺站著注視被卡住的蛋糕太太，思忖下一步該怎麼做。

「那一人拉一條胳臂吧。」爺爺胸有成竹地說，彷彿他是將大尺碼女性從小活板門拽出來的專家。

「這太有失莊重了！」老太太宣告。蛋糕太太是貴婦中的貴婦。「況且本

姑娘要用化妝室。」
「要用什麼？」傑克問。
「嗯，要去方便一下。」女人答覆。
「要去什麼？」小男孩聽不懂她在說什麼。
「要去盥洗室！」
「抱歉，我聽不懂妳在說什麼瘋話！」
「本姑娘尿快憋不住了啦！」蛋糕太太吼道。
「哦，抱歉……」
「蛋糕，那妳得再忍一忍了，我們得把妳弄出這個活板門。」
「對！還真有勞你們了！」她語帶反諷，彷彿這全是爺爺的錯。女士把吃蛋糕當作終生職志說什麼都不是爺爺的錯嘛。不過現在沒時間深究了。
「要是能找人從裡面往外推就好了！」老人家若有所思地說。
「哦，帥呆了！」貴婦高聲埋怨。「把本姑娘說得好像一台拋錨的巴士！」
「太太，麻煩妳講話小聲點！」爺爺輕聲說。「妳會吵到守衛。」
「我不會再多說一句話！」蛋糕太太的音量對傑克和爺爺來說還是太大。

「少校，準備好了嗎？」老人家問道。

「長官，準備好了。」小男孩回答。

爺爺跟傑克各抓住一條胳臂。

「少校，抓緊了，」爺爺說。「好，數到三就拉。一、二、三，**拉！**」

毫無動靜。女人沒有挪移半吋。

「這可不是我盤算的完美外出夜！」蛋糕太太說澆冷水也無濟於事。

「再來一次！」爺爺下令。「一、二、三，**拉！**」

還是老樣子。

「如果下回有人邀我一塊兒逃亡，麻煩提醒我婉拒他們！」女人自言自語。「要不是因爲有免費的巧克力聰明豆，本姑娘才不會答應呢。」

「最後一次！」爺爺宣布。「一、二、三，**拉！**」

這回蛋糕太太居然往活板門的深處滑，滑回**暮光之塔**。

「好樣的，眞是謝謝啊！」老太太發牢騷。「這下我永遠都出不去了！」

「長官，我們到底該怎麼辦？」傑克懇求道。「我們怎樣都沒辦法把她弄出來的，現在又快沒時間了！」

42 屁股瘀青

「少校，我認爲，」爺爺對同站在**暮光之塔**屋頂的傑克說。「脫逃計畫一個男子漢都不能少……」

「還有鐵娘子！」蛋糕太太糾正他。

「……還有鐵娘子。我們需要後援。讓我號召陸軍和海軍。」語畢，爺爺就匆匆跑到屋簷，對底下的黑暗放聲大叫：

「陸軍少校？海軍少將？」

「有，長官！」地面傳來陸軍少校的聲音。

「我需要援軍！」

兩位老兵英雄二話不說就從草坪彼端趕回來，攀上內褲繩。他們身後跟著十來位逃亡者，一個接著一個上來。

「你們動作快點好嗎？」蛋糕太太抱怨。「本姑娘要上廁所啦！」

老人家心手相連，排成兩條人龍。每條人龍末端的人負責抓緊蛋糕太太的胳臂。

「團結力量大！」爺爺精神喊話。「同心協力就能打勝仗。團結就是力量！我們齊力斷金。」

「說得好，說得好！」陸軍少校嘉許。

接下來，爺爺高聲下令。「一、二、三，**拉！**」

這回蛋糕太太從活板門破門而出。大夥兒瞬間往後飛，最後疊成一堆。

哎唷！

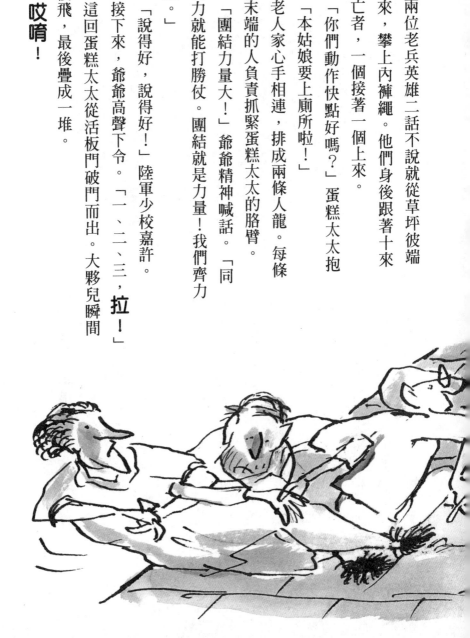

「長官，團結力量大！」傑克一面從人堆底層爬出來，一面微笑著說。

「大夥兒幹得好！」爺爺說。

老人家一個接著一個攀繩下降。蛋糕太太排在最後。

傑克打量她一眼，低聲說：「長官，恐怕繩子承受不了她的體重。」

「安啦，我檢查過了，少校，這些全是英國製的頂級內褲。只要蛋糕聽從我的指示慢慢來，我相信一切都不會有問題的……」

問題是蛋糕太太向來誰的指示都不聽。她一刻也等不及，太過熱情地抓住內褲串，從屋頂往下溜。果然一如傑克預期，繩子承載不了她的重量。她以驚人高速往下溜的同時……

「啊啊啊啊啊啊啊啊啊啊啊啊」

……一條絲綢內褲被扯破了。

劈啪！

蛋糕太太也應聲落地。

砰！

「啊啊啊啊啊娘娘娘娘娘喂喂喂喂喂！」她尖叫道。

幸好她沒跌得太深，所以傷勢不重。只是屁股有幾處瘀青。內褲繩也隨著她往下掉，落在她的頭頂。

「我被埋在內褲堆裡了啦！」她高聲埋怨。「這樣教本姑娘怎麼在上流社會見人啦！」

「噓！」傑克要她安靜。

但為時已晚。在瞭望塔站崗的護士再怎麼遲鈍也沒法不聽見蛋糕太太的大嗓門。探照燈即刻開始繞圈。其中一盞照到蛋糕太太，另一盞逮著匆匆穿越草坪的那群逃難老人。

「動作快！跑到柳樹那邊！」傑克從屋頂上往下喊。「這是唯一能出去的路！」老人家盡量相互扶持，奔向牆邊。

說時遲那時快，一道刺眼的強光照亮養老院和周圍的土地。

叮噹叮噹

叮噹叮噹！

塔裡鐘聲響起。拉警報了。

其中一盞探照燈逮到屋頂上的爺爺和傑克。祖孫倆一度被強光罩住。內褲繩斷了，他們下不了樓。

他們無路可逃。

43 下活板門

傑克和爺爺從**暮光之塔**的屋頂目送這群逃難老人在圍牆附近消失。

「祝你們好運。」老人家咕噥道，向那群老人敬最後一次禮。

有群護士衝出養老院，手持手電筒和巨網窮追不捨。

此時，傑克跟爺爺身處四樓高的屋頂。內褲繩已斷裂。排水管也被人從外牆扯掉。倘若他們試著跳樓，勢必會摔得粉身碎骨。傑克認爲只有一條路可行。「長官，下活板門！」

「哦，然後飲酒狂歡嗎？」爺爺天真地問。「麻煩來杯啤酒。」

「不是啦，專心從活板門下樓。這是我們唯一的出路！」

「哦，說得對。少校，算你機靈。我一定會向上將提議頒勳章給你！」

小男孩引以自豪。「謝謝長官。不過現在刻不容緩。走吧！」

傑克牽起爺爺的手，帶他走過陡峭的屋頂。只要滑一跤，他倆就會如自由

落體摔個沒命。但他們走到活板門口之際，卻發現總管的警棍悄悄探出頭。頂端通電嘶嘶響。傑克這才恍然大悟，原來那是根趕牛電棒，農夫用它來電牛，把牛趕到對的方向。不過落入總管手中，它想必成了一種刑具。

個頭嬌小的護士爬出活板門、站直身子。她一在屋頂站穩腳步，便將趕牛電棒指向半空，她的披肩隨風起伏。

玫瑰護士和花兒護士一前一後將她們粗壯的身軀擠過活板門，來到她的左右。有護士當左右護法，這個虎姑婆面露陰笑，徐徐前進。

「我就知道昨天你們在花園沒懷什麼好心眼，」她柔情訴說。「今晚爆發集體大逃亡，你們就是罪魁禍首！」

「千萬別懲罰他。我求求妳！」傑克求情道。「逃亡全是我的主意！」

「司令官，其實該被你送進懲處區的人是我。這個年輕人跟逃亡計畫一點關係也沒有！」

「肅靜！」她吼道。「你們兩個！」

現場陷入一片沉默。總管按下電棒的按鈕，頂端便射出一道巨大的電流。

「司令官，妳要做什麼？」爺爺問道。

「我把這根趕牛電棒拿去改裝，現在它能射出一千萬伏特的電流！只要輕輕一按，就足以把成人電暈。」

爺爺護著乖孫，把他挪到身後。「司令官，這太野蠻了！戰俘營不能動用酷刑！」

豬玀夫人的臉上泛起躁狂的笑容。「那你看好了。」語畢她拿著趕牛電棒戳玫瑰護士，並按下按鈕。藍白交錯的電流射出頂端。

護士全身一度被電流照亮。總管鬆開按鈕，護士便倒地、不省人事。

豬玀夫人暗自竊笑，傑克與爺爺則嚇得說不出話。她怎能對自己的親信下毒手？就連花兒護士也神情緊張，不安地挪動步伐。

「不好意思，我還想再見識一次。」爺爺放膽說。老人家賭總管會中招，把另一位護士也電暈。

「我才不會上當呢，老傢伙！」總管高喊。花兒護士這才如釋重負。

「抓住他們！」豬玀夫人下令。

魁梧的護士踏過她失去意識的同事，然後衝向前。她伸出粗壯的雙臂，直撲祖孫倆。

「上鐘塔！」爺爺叫道。

暮光之塔依然鐘聲大作響警報。他們愈靠近，鐘響愈震耳欲聾。鐘懸在一座小塔樓裡，下面繫了條粗粗的長繩。

「抓住那條繩子！」老人家吼道。問題是繩子不斷上下急晃，因爲有人在下面拉繩敲鐘。

傑克回頭望，只見花兒護士來勢洶洶，豬玀夫人也揮舞著趕牛電棒緊跟在

後。別無選擇了。傑克縱身一躍，雙手抓住繩子。他手掌立刻像著了火似地疾速滑下通道。

「**啊！**」小男孩驚叫。

傑克往下望，發現底下搖繩撞鐘的是雛菊護士。她一抬起頭，傑克就落在她頭頂。

磅！

有護士當緩衝，他免於直接落地，但對方卻被撞昏。小男孩心想：**獲勝**！不過，雛菊護士攤開雙臂倒臥地上的同時，假髮從頭上掉下來，露出一顆光頭。再仔細端詳，護士臉上竟還有鬍渣。**她是男的**！

44 世上無奇不有

傑克站在鐘塔底部，聽見上頭傳來聲響。他抬頭望，只見爺爺風馳電掣般溜下繩子。小男孩趕緊往邊上站，免得擋老人家的路。

「中校，你看，她是男的！」爺爺一落地，小男孩便向他報告。怪不得**暮光之塔**的護士每個都人高馬大、虎背熊腰。「也許她們全都是！」

爺爺低頭凝視男人。「這個嘛，世上無奇不有。我曾和一位名叫查理的優秀飛官受訓，每到週末他就打扮得漂漂亮亮，叫我們稱他『克拉蕊莎』。他扮起女人美呆了，有一、兩個男的向她求過婚呢。」

可惜沒時間好好消化這則奇聞。當務之急是找路逃離**暮光之塔**。養老院的內部環境，爺爺比傑克清楚得多。「中校，接下來上哪兒去？」

「我在想啊，少校，我在想……」老人家說。

不過爺爺還沒機會想，小男孩就驚叫：「小心！」

傑克把爺爺拽開，因為花兒護士正用她——或者應該說「他」——長滿茂密毛髮的雙腿環繞繩子溜下來。

「**快**！從這兒走！」爺爺邊說邊和孫子跑走。

雛菊護士才正要甦醒，花兒護士就倒在她身上，又把她撞得不省人事。

磅！

花兒護士也在撞擊中掉了假髮。她也是男的！傑克暗想：**暮光之塔**的護士一定全是男的。這家養老院還眞是掛羊頭賣狗肉。

光頭壯漢手忙腳亂起身的同時，傑克和爺爺已跑到門口。門是開的，他們趕緊把門從身後用力一關。

磅！

花兒護士（先不論他本名為何）用他重如磚塊的拳頭使勁敲門之際，傑克跟爺爺也努力以背抵門。這名「護士」身體壯如牛，祖孫倆恐怕撐不了多久。

磅磅磅！

「少校，餐具櫃！」爺爺喊道。

老人家繼續用背抵門，他的乖孫則將沉重的木頭家具推到門前，把花兒護士和雛菊護士困在鐘塔。

門開始朝餐具櫃猛撞……

磅磅磅！……祖孫倆在長廊飛奔，衝向前門。恰好就在此時，階梯傳來腳步的回音。無疑是「護士」軍團在搜索逃犯。

「他們無所不在，」傑克一邊低語，一邊和爺爺躲在老爺鐘背面，讓「護士」通行。

「長官，這樣我們絕對溜不出去！」小男孩說。

「好，這樣的話……這是我在訓練營學來的！」老人家宣布。「脫逃的唯一希望就是假扮成敵軍。」

傑克不曉得自己是否完全聽懂爺爺剛說的話。

「你的意思是……」

「沒錯，少校。我們必須換上護士服。」

45 戴假髮和化妝

傑克和爺爺踏出更衣室，成了最不像樣的護士雙人組。小男孩矮到不行，爺爺也沒時間刮他濃密的鬍子。

更衣室位於養老院的後方，掛了一長條的護士服。傑克和爺爺在倉促中抓了兩件，套在原有的衣服外。更衣室遙遠的彼端擺了面長鏡，還有張展示各種假髮的桌子，以及一箱被傑克和爺爺劫掠的化妝品。

爺爺化身為金髮美女，他的孫子則搖身一變，成了風騷的黑髮姑娘。

小男孩猜中了；這些護士顯然全是女扮男裝。**暮光之塔**果然不是普

通的養老院。你每撕下一層面紗，底下的眞相就愈加離奇。

祖孫倆在長廊踉蹌行走時，一群「護士」匆忙經過，直奔前門。爺爺對傑克點了個頭，表示應該加入他們。他們脫逃的唯一機會就是試著混進職員當中。他們必須祈禱在迷宮長廊竄逃、投奔自由的過程中不會被人攔下。

「護士」抵達前門，爺爺和傑克在後面保持一點距離。沒想到他們要奔入黑暗之際，竟有人張口咆哮。**「給我站住！」**

衆「護士」齊轉身，發現總管站在他們身後，依舊揮舞著增強電力的趕牛電棒。雛菊護士和花兒護身是她的左右護法。這兩名諧星假髮戴得前後顚倒，荒唐更勝以往。總管緩緩走近她的「護士」軍團，拿刑具輕拍自個兒掌心。

傑克和爺爺盡量神不知鬼不覺地挪到團體後面，以免被她發現。

「其餘的住戶好像都逃跑了。這是目前的局面。不過今夜突圍的兩名始作俑者還待在**暮光之塔**。這點我很確定，」豬玀夫人宣布。「我有預感。說什麼都不能讓他們逃走。」

「總管，遵命。」衆人齊聲答覆，嗓音低沉不像女的。

「我命令你們兩人一組，搜遍這棟養老院的每個角落，直到找到他們爲止。假如找不到，休怪我這根趕牛電棒無情！」她吼道。

「總管，遵—遵—遵命。」雖然每個「護士」都是彪形大漢，顯然對老闆怕得要命。

大權在握的她對軍團進一步下指令。「鬱金香、風信子，去搜宿舍。」

「總管，遵命，」他們應答後闊步走向階梯。

「紫羅蘭、三色堇！你們兩個去搜這層樓、客廳、廚房。哪裡都不准放過。」

「總管，遵命。」這一對答覆後也邁步離開。

「雛菊、花兒？」

「總管，有何吩咐？」他倆異口同聲地說。

「你們去搜地下室。」

「可是人家怕黑！」雛菊埋怨道。

豬羅夫人臉部扭曲、怏怏不悅。她不習慣別人違抗她的指令，於是用那根趕牛電棒使勁拍自己的手掌。「我叫你去，你就得去！」

「總管，遵命！」緊張不安的「護士」答覆，如今她嚇得直發抖。

這兩人離開。

這下子長廊上只剩總管跟她最新加入的「護士」：傑克和爺爺。

「至於你們兩個……」豬羅夫人直視他倆。祖孫倆現在沒人牆掩護了。小男孩踮起腳尖，想看起來高一點。此時，爺爺用手摀住鬍鬚，假裝咳嗽。

「以前我沒見過你們兩個。你們是誰?!」豬羅夫人質問。

傑克使出他最低沉的嗓音。「護士啊，總管。」

「報上名來。」

如果不想穿幫，祖孫倆腦筋就得動快點。

「藍鈴草！」傑克答覆。

「我是葛蘭姆。」爺爺說；他忘了要挑女生的名字。

傑克用手肘輕戳他一下。「我是說梔子花啦！」

總管平靜緩慢地走向他們。他倆出於本能地低著頭，深怕被認出。這個舉動使總管更加起疑。她依舊敲打手中的趕牛電棒，同時步步近逼。

「手不要搗臉。」她對老人家低語。

爺爺又假裝咳嗽。「我快感冒了！」

女人抓他的手，緊抓不放，又利又長的指甲刺進他的皮膚。然後她使出吃奶的力量把他的手從臉上扳下來，使他空軍飛官的招牌八字鬍顯露無遺。

「只是今天忘記拔鬍子啦。」爺爺欲蓋彌彰。

想當然，總管不會採信。她緩慢而堅定地舉起趕牛電棒，移到老人家的臉前。一道電流射出頂端。

爺爺驚恐地倒吸一口氣。

吸氣！

46 火燒鬍鬚

「借過！我只是想去方便一下。」蛋糕太太恰巧在此刻宣布。她邊說邊跨進爺爺和傑克身後的前門。這個老太婆沒跟其他住戶翻牆逃跑，反倒繞了回來，輕鬆自如地直奔**暮光之塔**找廁所。這當然不是事先計畫的橋段，不過事實證明它是個絕妙的聲東擊西，傑克跟爺爺正好急需總管轉移焦點。

豬玀夫人轉頭，只見蛋糕

太太輕盈地走入前門。雖然總管的趕牛電棒和他的臉只差咫尺之遙，爺爺逮著機會，一把抓住女人的手腕。他倆就這樣無聲扭打了好一會兒。女人遠比老人家想像的強壯，電棒離他的臉也愈來愈近。突然射出一道電流。

吱！

燒掉他八字鬍其中一撇的末端。

火舌嘶嘶作響，一小縷灰煙升至爺爺眼前。他低頭看自己曾經傲視群雄的臉部毛髮。如今其中一邊只剩下焦黑的尖頭，宛若一條被留在烤肉架上一百年的香腸。

爺爺打從年輕時期，就一直穿著得體、衣冠楚楚——即使外頭套著護士服也不例外。可是，倘若他的鬍鬚沒有捻好，無論是雙排扣西裝外套配閃亮亮的金鈕扣、皇家空軍飛官的領帶、還是熨得直挺挺的灰長褲，一切都將失去意義。

對爺爺來說，八字鬍一邊的末端被燒掉可是罪該萬死。老人家怒火中燒，盛怒激起幾乎超出常人的力量。他把女人的胳臂推回她面前。

「少校，快拿便盆！」他下指導棋。
傑克從地上拾起那個瓷壺，糊里糊塗地遞給蛋糕太太。
「親愛的，謝謝，」老太婆說。「雖然不理想，但如果我瞄得準，也能勉強湊和著用！」
「少校，不是啦！拿它來打司令官！」
總管旋即轉身，小男孩正好將便盆高舉過頭，砸向她的腦袋。

劈哩啪啦！

便盆砸成千百個碎片。
「好樣的，眞是感激不盡啊！」蛋糕太太發起牢騷。「本姑娘正準備要洩洪咧。」三人俯視那個惡婆娘，只見她好似海星，張開四肢癱在地毯上。
「沒時間可以浪費了！」爺爺咆哮。

「拜託，可不可以先讓我小便？」蛋糕太太詢問。

「蛋糕——妳這個女人，克制一下自己！等等再尿！」爺爺下令。

「等你到我這個年紀就等不及了！」老女人怒氣沖沖地說。「一想上就得立刻上！請你行行好，陪本姑娘一起去！我還以爲你是紳士呢！」

「我本來就是紳士！」爺爺嚷道，只是他的紳士風度已被挑戰到臨界點。

「那你爲什麼穿成這樣？」老女人質問。

「這是脫逃計畫的一部分！」爺爺回嗆她。「女士，麻煩妳，現在刻不容緩，快勾我的手臂。」

「中校，多謝你。我那可憐的……嗯……該用什麼詞比較含蓄呢？」她指向自己的臀部。

「屁股？」爺爺大膽一試。

「不對！」蛋糕太太說。

「屁屁！」小男孩放肆地說。

「不對！」蛋糕太太如今惱羞成怒。「本姑娘是淑女欸！我本來要說蜜桃臀啦！摔了那麼一跤，我那可憐的蜜桃臀痛得要死。幾乎走不了一直線！」

爺爺勾著她的胳臂，風度翩翩地陪老太婆穿過長廊，拐過轉角到最近的廁所。

「哦，眞有騎士精神哪！我覺得自己好像第一次參加上流派對的娉婷少女哦！」蛋糕太太嬌羞地說。

「少校？」爺爺呼喚道。

「長官，什麼事？」

「你盯好司令官！」

「長官，遵命！」小男孩微笑答覆。雖然緊張到直發抖，能被賦予打擊豬玀夫人這個惡婆娘的重責大任，他還是對自己相當滿意。

傑克俯視著她。長了小眼睛、朝天鼻的這張臉令人出奇地眼熟。但是傑克還來不及想起在哪兒見過她，豬玀夫人就漸漸甦醒過來。儘管便盆把她敲得七葷八素，她現在卻慢慢恢復意識。她的手指先開始抽動，接著眼皮也跟著眨。

小男孩感到深刻的**恐懼**。

47 甩甩走人

「中校！」傑克向長廊彼端呼喚，嗓音中隱約透露著慌張。

「少校，什麼事？」拐角傳來爺爺的聲音。

「長官，司令官要醒了！」

傑克接下來聽見爺爺敲廁所的門。**敲敲敲**。

「蛋糕，妳可以快一點嗎？」

「絕對不要催在盥洗室的淑女！」蛋糕太太在廁所裡咆哮。

「女士，動作快！」爺爺下令。

「等那麼久終於給我盼到了，現在本姑娘要好好享受，感激不盡！」

此時，小男孩發現總管的四肢也開始蠕動。「長官！」他絕望地呼叫。

老人家又試著催促女人。**我敲**、**我敲**、**我敲**。

「上完了啦！」她終於從廁所門內答覆。「果然又是這樣！沒衛生紙。麻

煩你行行好，幫我找幾張衛生紙好嗎？吸水性強的，拜託！」

「沒時間了。」爺爺盡量保持禮貌，但聽得出來他的耐心已被磨光。

「不然你要本姑娘怎樣？」蛋糕太太發牢騷。

「甩甩走人就好！男人都是這麼幹！」

蛋糕太太沉默片刻，然後快樂地宣布：「多謝你！這招還挺管用的。」

小男孩轉身看兩位老逃犯終於現身。爺爺突然大喊：「少校！**小心！**」

傑克猛一轉頭。總管正又抓又扒地忙起身，向小男孩伸出趕牛電棒。

「快逃啊！」爺爺嘶吼。

豬玀夫人要劍似地將她的武器刺向傑克，頂頭射出電流。火星飛到他身後厚實的天鵝絨窗簾，馬上開始燃燒，火舌舔噬著天花板。

48 地獄！

傑克爲了躲避火焰，一路退到長廊。他和爺爺與蛋糕太太會合，三人一齊逃離熊熊烈焰。總管踉踉蹌蹌地在後面追，即將到來的地獄襯托她的體型。火舌移動猛烈，很快就要燒到她了。

「啊！」 熾烈高溫下的豬玀夫人發出驚叫。

火勢一發不可收拾，目光所及之處全被火吞噬、無一倖免。烈焰躍到她前方，竄伸至長廊。轉瞬間，豬玀夫人已被火舌包圍。

「老小子，你來照顧蛋糕，」爺爺發號施令。「我去救司令官！」

「你說啥？」傑克不敢相信自己耳朵。

「她雖然隸屬敵營，但我身爲軍官，又是紳士，事關榮譽——所以一定要想辦法救司令官！」

語畢，老人家就用手臂遮臉，免得烈火撲面，然後英勇地走向豬玀夫人。

「司令官！」他喊道。「把手給我！」

他伸出胳臂，穿過烈焰。

豬玀夫人也向他伸手，並且緊抓不放，對老人家賊笑。

「語無倫次的老番顛，給你嘗嘗這個！」她一邊喊叫，一邊將趕牛電棒高舉空中。

「小心！」男孩驚叫道。

我電！

太遲了。

豬玀夫人拿她的趕牛電棒狠狠電爺爺的腦袋，使他失去知覺、倒地不起。

「不要啊！」傑克哭喊道。

49 跟油鍋一樣滾燙

豬玀夫人臉上浮現一抹瘋狂的微笑。看樣子她準備要大開殺戒了。不過，這回當她在空中使勁揮舞趕牛電棒，穿高跟鞋的雙腳卻失去平衡。總管向後倒進烈焰、驚聲尖叫。「啊啊啊啊啊啊啊啊啊啊啊啊**啊啊啊啊啊啊啊啊啊啊啊啊啊啊啊！！！！**」

傑克衝上前，把可憐的爺爺拖出地獄通道。

他們離開養老院唯一出路是前門，只是那裡已被熊熊大火封阻。至於**暮光之塔**的後門，一如小男孩先前

所發現，已被磚頭封死，每扇窗戶又都裝了鐵條。這家養老院是個死亡陷阱。

如今濃密的黑煙沿著長廊滾滾而來。這裡馬上變得跟油鍋一樣滾燙。

傑克深呼吸。他非得找出路逃離**暮光之塔**。而且刻不容緩。現在又有兩個老人家要顧。他那被擊昏的爺爺，以及很快就把他惹毛的貴婦老婆婆。

他把爺爺的腳踝夾在腋窩，將他拖到和火舌有段安全距離的地方，蛋糕太太正在那兒等候。

「這個嘛，我得老實說，」老太太開口：「這裡眞的爆炸了！」

「幫幫我好嗎？」小男孩懇求道。「拖一條腿！」

蛋糕太太史上頭一遭聽話照辦。

「可以告訴我要往哪兒去嗎？」

「哪裡都行！能避開火災就好！」小男孩嚷道。

他倆同心協力拖著老人家穿過長廊，上一層通天高的階梯。

這條路走得崎嶇，可憐的爺爺每往上抬一階，頭就撞一階。

砰砰砰。

「哎唷！哎唷！哎唷！」每隔一段時間他就輕聲哀哀叫。

好處是這麼一撞把老人家給撞醒了；他們抵達二樓時，他已再度睜開雙眼。

「長官，你沒事吧？」小男孩在他面前彎腰詢問。

「沒事。只不過頭上撞了好大一個包。如果下回我想去救司令官，麻煩一定要阻止我！」

「長官，沒問題！」傑克一面答覆，一面脫掉他的護士服，露出他裡面原本穿的衣物。

「恕我直言，」蛋糕太太邊說邊輕拍小男孩的肩膀：「依你看，我們該怎麼離開這個鬼地方？」

「我還不曉得啦！」小男孩嗆她。幾個晚上前，他初次攀上**暮光之塔**的排水管所偷窺的每個房間，在他的腦海閃現。傑克靈光乍現，他有個主意，雖然瘋狂但或許行得通。

「長官，昨晚我給你的溜冰鞋還在嗎？」他問道。

「還在啊。」爺爺疑惑地回答，站起來扯掉自個兒身上的護士服。

「可以去拿嗎？」小男孩急切地問。

「當然可以。我放在宿舍，藏在床墊底下。」

「長官，那你趕快去拿！還要繩子！你知道總管……我是說司令官的辦公室在哪兒嗎？」

「少校，我當然知道。」

「桌上有一疊最高機密，那是，呃……納粹檔案！只要看到的統統拿來。然後到樓梯平台盡頭的房間跟我們會合。」傑克邊指邊說。

「收到！」

爺爺衝往樓梯平台之際，蛋糕太太詫異地望著小男孩。「小朋友，現在不是溜——」她好像準備說「溜滑板」但講到一半卻意識到自己說錯話。「——

滾輪。」

「溜冰？」小男孩糾正她。

「本姑娘就是這個意思！」女人哼著鼻息說。

「不是溜冰！我有個更棒的點子！跟我來！」

傑克領著蛋糕太太穿越平台，來到盡頭的最後一扇門前。小男孩的印象沒錯，這是**暮光之塔**最恐怖的一房間。

棺材室。

「我的天哪！」老太婆放眼望去，只見成排的木棺，嚇得倒抽一口氣。

「我一直懷疑那個可惡的總管和她旗下恐怖的護士所做的一切，只是在等著替我們收屍。我知道我年紀大了，但我這個老姑娘還是活力四射！」

小男孩關上身後的房間，阻絕濃煙，然後走向蛋糕太太。老太婆淚眼矇矓，傑克一手搭在她肩上安慰她。

「蛋糕太太，我們會逃離這裡的。我向妳保證。」小男孩輕聲說。

房門猛然一開。爺爺自豪地拿著溜冰鞋、一捆繩子、和從總管辦公室偷來的一疊遺囑。老人家敬禮，小男孩也舉手回禮。爺爺望向孫子身後，這是他頭

一回發現這些棺材。

「哎呀，我的老天爺啊，我們到底在這兒幹麼？」他怒喝道。

傑克花點時間整理思緒。

「拉吉說唯一能離開**暮光之塔**的方式，就是進棺材被人抬出來……」

「這我就不懂了。」老太婆答腔。

「老兄，有話直說！」爺爺說。

「是這樣的，我覺得他說得對。我們就是要這樣離開。進其中一具……」

50 棺橇

「這太荒謬了！」蛋糕太太傲慢地說。

「女士，恕我冒昧，我認爲少校有他的道理！」爺爺回覆。

「長官，謝謝！」小男孩說。「走運的話，高速的棺材應該能在足夠的時間內保護我們不受烈焰吞蝕。我們只要找到最大的一具棺材，拿繩子把溜冰鞋繫在底部。」

蛋糕太太雖然又哼一聲——她凡事都愛嗤之以鼻——但還是加入搜索的行列。三人通力合作，很快就找到最大的棺材，然後拿繩子盡快把溜冰鞋栓在底部。接下來，他們三人合力抬棺，將它放在地上。

傑克前後滾動棺材，爺爺綻露笑顏，他教導有方。

傑克一開房門，立刻感受到烈焰的高溫。舉目所及，到處都是浪濤般的濃濃黑煙。三人匆匆把棺材滾上平台，等抵達階梯，只見一堵巨大的火牆在梯底等著將他們吞噬。現在分秒必爭。十萬火急。

「蛋糕太太？」傑克呼喚。

「親愛的，怎麼啦？」

「麻煩妳先躺進去。」

「這太有失莊重了！」儘管嘴巴抱怨，她還是聽話爬進這個新奇裝置。

傑克把沉甸甸的棺蓋夾在腋下，然後發號施令。「好了，中校，請全速衝刺！」

「收到！」爺爺答覆。

兩個天兵英雄用最快的速度跟滾輪棺材並排跑。

彷彿棺材就是雪橇。

棺材雪橇。

簡稱「棺橇」。

他們快要抵達樓梯口時，祖孫倆跳進蛋糕太太身後的棺材。傑克先跳，爺爺殿後。老太婆嚇得尖叫連連，因爲高速俯衝的棺橇不斷撞擊階梯……

「啊！」

「啊啊啊啊啊啊啊啊啊!!」

……迎頭撞向地獄之口。傑克將棺蓋往他們頭上一罩，緊緊抓牢。

如今棺橇裡烏漆抹黑。棺木沿路又敲又撞，先滑下樓梯間，再穿過樓下的長廊，他們三人頓覺一陣熾熱的高溫。

燙燙燙到了極點。

他們一度覺得自己像是烤箱裡的三塊肉。

然後……**砰！**

……棺橇撞開前門。

隆隆！

傑克的計畫神奇奏效。**好耶！**

輪子在地面滾動的聲音驟變。嘎吱聲意味著他們此時在戶外的碎石地上艱難行進。他們逃出生天了！

嘎嘎響的棺橇冷不防地停下來。小男孩推開棺蓋，立刻發現曾是褐色的棺木如今燻得一片焦黑。

傑克跳出棺材，再攙扶爺爺出棺，最後救蛋糕太太出來。

暮光之塔的大門依然緊鎖，於是小男孩領著兩個老人穿過草坪，往垂柳的方向走。他扶兩位老人家上樹，然後自己也爬上去。傑克和爺爺站在樹枝上回望**暮光之塔**最後一眼。他們差一點就逃不出來了。

整棟養老院都被熊熊大火吞

噬。火舌從爆炸的窗戶竄出，舔舐外牆。連屋頂也著火了。

他們正要轉身離去時，傑克說：「長官，恭喜。你辦到了！」

爺爺低頭看著乖孫。「應該說：我們辦到了！」

傑克眺望著遠方，看見「護士」全都在原野中鳥獸散。至於豬玀夫人，她早已不知去向。她是不是依舊受困樓中？還是也設法逃走了？

傑克的第六感告訴他：他還沒見到她的廬山眞面目。

51 小鹿亂撞

三人組擠在小男孩的三輪車上活像在馬戲團雜耍。這台車是設計給娃娃騎的，駕駛不該是大孩子外加兩位老人家。他們試了好幾種不同的姿勢，終於設法弄到一個皆大歡喜的位置。傑克坐在三輪車的座椅上踩踏板，蛋糕太太一屁股卡在龍頭上，爺爺則站在後車架。

由於蛋糕太太噸位過大，傑克什麼都看不見。她那豐滿的屁股直接貼在可憐小男孩的臉上。反而得由爺爺

發號施令，他們才能在鄉間小路艱難地騎進小鎮。

「右轉四十度！三點鐘方向有輛牛奶宅配車開過來。」

他們的計畫是直奔警局。手握一捆爺爺偷來的僞造遺囑（或「納粹檔案」的最高機密），舉國上下終將得知**暮光之塔**以及營運長惡婆娘的醜陋眞相——無論最後她有沒有被尋獲。如果那些「護士」被捕，他們也將爲自己的惡行吃一輩子牢飯。

三輪車踩起來舉步唯艱，上坡路更是累人，等他們三人終於抵達地方上的警局，時間已來到凌晨。小鎮上一個人影都沒有。繼傑克和爺爺先前與警方擦槍走火，小男孩決定將進警局呈交大捆證物的重責大任交給蛋糕太太，或一如爺爺所相信的，由她將敵軍策劃的祕密移送英國情報單位。

「那麼，蛋糕太太，再見了！」傑克說。縱使她三番兩次挑戰他忍耐的極限，以後他還是會懷念她。

「小朋友，再見了，」老太婆說。「今晚有夠折騰人的。本姑娘大概再也不能跳芭蕾了，但還是謝謝你。」

「那麼，蛋糕，再會了。」爺爺說。

「中校，我們就此別過。」她賣弄風情地答覆。

她閉眼噘嘴，等待纏綿一吻，而爺爺卻顯得有點害臊。

她在女人臉頰輕吻一下，但即使如此仍令她心頭小鹿亂撞。顯然她被這位戰亂英雄迷得神魂顛倒。

他們目送她走進警局的同時，傑克轉頭面向爺爺。「那麼，長官，很晚了，我送你回家吧。」

「少校，**萬萬不可**。」這句話把爺爺逗得咯咯笑。

「什麼叫作『**萬萬不可**』？」小男孩問道。

「『**萬萬不可**』就是『**萬萬不可**』！少校，你忘了嗎？現在還在打仗欸！」

「可是——」

「現在每分每秒納粹空軍都可能展開另一波的進攻。我必須馬上回去待命。」

「長官，起碼先休息一下好嗎？小憩片刻？」傑克焦急地提議。

「老兄，你冒險犯難的精神到哪兒去了？我們必須回基地把我的噴火式戰鬥機開出飛機棚！」

「你說什麼？」

爺爺仰望清晨的雲朵。

小男孩的目光也循著他的視線移動。

「我們要即刻飛上青天！」老人家吶喊道。

52 失去理智

不。不可能的。

噴火式戰鬥機在好幾哩遠的倫敦，懸吊在帝國戰爭博物館的天花板上。它是一架多年沒飛的古董機。天曉得它還能不能飛？

假如要及時阻撓爺爺，小男孩的腦筋得動快一點。「中校？」

「怎麼啦，少校？」

「我先撥通電話給上將吧。」

爺爺在一旁看小男孩打開警局外紅色電話亭的門。傑克只是撥打報時台矇騙爺爺。那個號碼很好記。123。

爲了讓爺爺方便聽，他把門半開著，假裝跟一九四〇年英國皇家空軍的長官對話。

「啊，上將，您早。我是龐汀少校。是的，現在很晚了，也可以說很早，看您是早鳥還是夜貓子！**哈哈！**」小男孩從沒在學校表演過話劇，但趕鴨子上架，現在得卯起來演得逼眞。

話筒彼端的錄音聲傳進傑克耳裡。「三聲鐘響後是兩點整，嗶。嗶。嗶。」

爺爺站在電話亭外，非常佩服這位小飛官竟然跟上司熟到一塊兒說笑。

「龐汀中校在我旁邊。是的，長官。沒錯，您最英勇的飛官……」

老人家無比自豪。

「上將，我有個天大的好消息！」傑克繼續唱雙簧。「中校已從科爾迪茨堡逃出來了！對，當然囉，這是個大膽到極點的逃亡行動。他幫忙每位受俘的陸軍、海軍，男女空軍士兵逃離那個鬼地方。長官，您說什麼？您說中校應該

好好休養啊？他休假是當之無愧？」

爺爺臉色丕變。他完全無法接受。

「而且這是您的命令？上將，您別擔心，我會親自向他轉達。」傑克對話筒彼端的報時台說，「您說中校閒來無事可以種種花？看看書？烤烤蛋糕？」

爺爺不是那種願意以烤蛋糕度過餘生的人。

「不會吧！仗還沒打完欸！我得立刻駕駛我的噴火式戰鬥機！這是我的職責！讓我跟上將講話！」

語畢爺爺就從孫子手中奪走話筒。

「長官？我是龐汀中校。」

「三聲鐘響後是兩點一分四十秒，」電話線的彼端傳來人聲。

「長官，什麼意思？是，我知道時間！您不必一直向我報時。長官？」

老人家困惑地不得了，掛回話筒後面向傑克。「恕我無禮，但上將已經徹底失去理智了！那傢伙一直不斷跟我報什麼該死的時間！」

「我再回撥給他！」傑克口吻絕望地懇求道。

「不不不！沒時間了。我們要**上青天，上青天，開飛機遠走高飛！**」

第三部
其中一架飛機不見了

53 光榮年代

傑克設法說服爺爺在**上青天，上青天，開飛機遠走高飛**前，他們得先找地方補充口糧。

傑克心裡有數，一大清早只有一間店會開門，那就是拉吉的報攤。事實上，小男孩希望報攤老闆能好好開導一下老人家。

叮咚！

天色還早，但拉吉已站在櫃台後方，重覆每天清早的例行公事，整理要送的報紙。

「邦汀先生！你回來啦！」報攤老闆說。他不敢相信自己的雙眼。繼親眼目睹豬玀夫人親自出馬將老人家強行帶走，他就猜短時間內應該不會再見到爺爺。

「是啊，端茶的！從德軍那裡逃出來了！」老人家宣布。

「德什麼軍？」拉吉問道。

小男孩忍不住打岔說：「他是說納粹啦！」接著又低語補充，「他以爲戰爭還沒結束，記得嗎？」

「哦，對，想起來了。」報攤老闆低聲回話。

「端茶的，我們要趕快補充口糧！動作快一點。我們要在日出前趕去開我那架噴火式戰鬥機。」

拉吉飛快瞄了男孩一眼，等他回應。傑克微微搖頭，報攤老闆猜到這個暗號代表小男孩有話要跟他私下談。

「先生，不要客氣！」拉吉對老人家說，後者開始在店裡帕嗒帕嗒轉，尋找吃的東西。「只要能找到什麼剩下的食物，全算你的。夜裡德麗緹姑媽想辦法破門而入，只要眼睛看得到的，她全搜刮一空。就連著色本也被她咬了一口。」

小男孩再三檢查，確定他到爺爺的聽力範圍外才開口。

「我才剛幫他逃出**暮光之塔**。」

「那裡眞有傳說中的那麼糟嗎？」

「有。糟糕千萬倍。爺爺以爲自己身在戰俘營，但他其實也沒錯得太離譜。只是現在他妄想開噴火式戰鬥機飛上青天！」

「你是說博物館那一架？」

「沒錯！太瞎了！拉吉，我實在不知道該怎麼跟他解釋了。能不能請你試著開導他一下？」

拉吉若有所思了好一會兒。

「你爺爺是位了不起的戰亂英雄。那些都是他的光榮年代。」

「是是是，這我知道，」小男孩同意。「可是——」

爺爺在小店遠處的彼端地板找到一條吃剩一半的巧克力棒，撿起來津津有味地咀嚼。

這時拉吉舉起一根手指提醒。「可是可是可是可是！爲什麼你總是要加這麼多可是？」

「可是——」

「你又來了！傑克，你爺爺年事已高。他腦袋變得愈來愈糊塗，這你也不是不曉得。這個毛病正在啃蝕他的心智。」

報攤老闆講到這裡，小男孩淚水盈眶。拉吉一手環抱傑克的肩膀。

「不公平，」小男孩邊說邊吸氣，想把淚水往回吸。「爲什麼偏偏是挑中我爺爺？」

拉吉糊塗一世也有睿智的時候。

「傑克——唯一能讓他繼續生活的動力，就是有你作伴。」

「我？」小男孩問道。他搞糊塗了。

「對——就是你！只要有你作伴，爺爺就回到過去他的光榮年代。」

「大概是吧。」

「這我很清楚。聽著，我知道這很瞎，但偶爾有點瞎也無妨。何不讓這位老英雄圓夢開飛機呢？」

傑克用衣袖拭去淚水。他抬頭望著拉吉，點了個頭。

老實說，小男孩現在也已嘗到他夢寐以求的歷險記。

傑克和爺爺扮演戰機駕駛無數次，每晚他入睡都做著當飛官的美夢。

而如今小男孩有機會能使美夢成眞。

「中校！」小男孩呼喚道。

「怎麼啦，少校？」爺爺答腔；他對男孩和拉吉的私密對話毫無所覺。

「我們一起飛上青天吧！」

54 逐日

沒過多久，三人就騎上拉吉破爛的舊摩托車，疾速駛向帝國戰爭博物館。他們騎得愈快，摩托車就咯咯響得愈厲害。坐在拉吉和爺爺中間當夾心餅乾的傑克擔心這台古董車騎到一半會四分五裂。

他們在追正要升起的太陽，但願能在日出前抵達博物館；如此一來，盜取噴火式戰鬥機的機率就比較高。畢竟這

樣還能以黑夜做為掩護，運氣好的話，那個猩猩附身的保全還沒開始值班。

天色還太早，沿路交通暢通。這個時辰去博物館，途中他們只經過幾台車、兩輛卡車、和一台空巴士。

這個世界還沒睡醒。

拉吉在帝國戰士博物館正門口放祖孫倆下車。這裡空無一人，只有一群鴿子在屋頂駐足。

「中校，祝你好運！」報攤老闆敬禮獻上祝福。

「端茶的，多謝。」爺爺

點頭回覆。

「少校，也祝你好運。」拉吉向小男孩敬禮。

「拉吉……端茶的，多謝。」

「兩位保重！哦，對了，你從我店裡地上找到的那半根巧克力棒，我就不跟你收錢了！」

「你人眞好。」爺爺回答。

最後，拉吉用力擰一下摩托車的油門，嘎嘎嘎地騎走。

於是，傑克和爺爺才剛逃離門禁重重的樓房，現在又得硬闖另一棟。博物館滿是無價的歷史藝術品，自然戒備森嚴。

掃視博物館外圍一周，立刻證實傑克的臆測。每扇門窗都上了鎖。上回爺爺可以堂而皇之地登門，是因爲博物館對大衆開放。這回可沒那麼容易了。

祖孫倆繞回博物館正面時，差不多已喪失希望。

「哪個笨蛋把飛機棚給鎖了！」爺爺咕噥道。

傑克仰望這棟建築物。博物館正面有排羅馬風格的圓柱，柱頂加了個綠色大圓頂。圓頂的基座點綴著不少小圓窗，看起來像船的舷窗。正面其中有扇窗貌似微開。也許能把它撬開呢。

問題是要怎麼爬上去？

傑克沉思的時候，身子靠在兩座海軍大炮的其中一座，它們在庭院裡傲然對準空中。

「中校？」

「老小子，怎麼啦？」

「如果大炮能調頭指向反方向，我們就能沿著大炮爬到上面開著的那扇窗。」

大炮座落於一大塊金屬基座。祖孫倆聯手試著推它，但怎麼也動不了。

不過，傑克摸找底部，發現幾個大螺栓。「長官，大勺子我還帶在身上

呢！」小男孩宣布。這是他從學校自助餐廳偷來的，但稍早一直沒機會交給爺爺。

「我們可以把它當作螺絲起子！」爺爺說。

眨眼間，老人家就用勺子把手將螺栓轉鬆。

然後，祖孫倆使出全身的力量，用肩膀抵著基座，竭盡所能地推。

這粗活可不簡單，但大炮總算對準博物館了。

傑克爬上一根大炮，爺爺也撐起身子攀上另一根。他倆沿著大炮側身徐行，不忘伸出雙臂保持平衡。傑克發現最好別往下望，因爲炮身離地面挺遠的。

最終傑克和爺爺抵達博物館的屋頂。一見著在屋頂上飄揚的英國國旗，爺爺便向它行禮，小男孩見狀也不得不跟著照做。

鴿屎遍布，導致屋頂很滑；假如你剛好穿拖鞋，那就滑上加滑。

「長官，這扇窗！」小男孩邊說邊指縫開得微乎其微的那扇窗。傑克只能勉強將他纖細的指頭伸進縫隙，這才將窗戶完全打開。

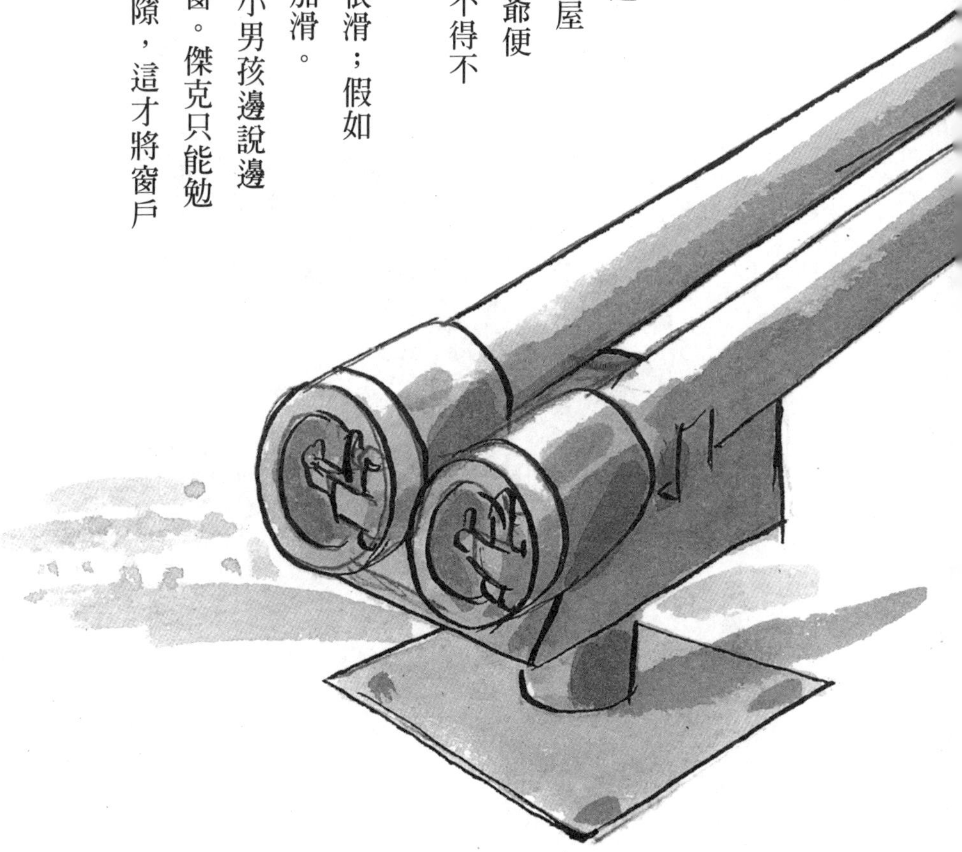

「少校，幹得好！」爺爺說。

老人家助小男孩一臂之力。然後傑克伸手拉爺爺進窗內。

祖孫倆成功闖進帝國戰爭博物館。

傑克內心感到無限**暢快**！現在他們只要盜取**噴火式戰鬥機**就好了。

55 開坦克

傑克和爺爺一路狂奔，穿過階梯，跑進天花板吊著飛機的大展覽廳。

繼這對祖孫上次來訪，戰機都已修復。噴火式戰鬥機重拾昔日的光采。

牆上有個絞盤，他倆火速將這隻戰鳥搖到地面。

有幾尊假人在附近的玻璃櫥窗展示皇家空軍飛官的飛行服。他們靈機一動，將當年要用馬拉的一戰古董騎兵炮車推向櫥窗。炮車把玻璃撞個粉碎。

像是有人跟他們爭搶似地，祖孫倆飛奔過去穿戴飛行裝束。

小男孩在隔壁櫥窗打量自己的一身行頭——

護目鏡—戴了

頭盔—戴了

飛行服—穿了

圍巾—圍了

咖啡色皮夾克—穿了

靴子—穿了

手套—戴了

降落傘—帶了

飛行裝一應俱全。

噴火式戰鬥機也降至地面。

不過，欣喜若狂的兩人忘了一件事。

有件大事。

「中校？」小男孩呼喚。

「少校，怎麼啦？」

「我們要怎麼把飛機弄出去？」

老人家一臉疑惑地環顧四周。「設計這座飛機棚的笨蛋忘了裝門啦！」

剎那間傑克像是洩了氣的皮球。進博物館已歷經千辛萬苦，但把噴火式戰鬥機弄出去卻似乎難上加難。

大廳的另一側展示著一戰時期的坦克。那是輛有兩條巨型履帶的英國馬克五型軍綠色坦克。外型又大又重，看樣子有辦法輾碎混凝土。

傑克急中生智。「長官，你會開坦克嗎？」小男孩問道。

「不會！但那有什麼難的？」爺爺凡事都能從容應對。

祖孫倆匆匆奔向坦克，爬上去打開車頂的艙口。他們鑽進狹小的駕駛員座

艙，舉目所及盡是一排陌生到極點的踏板和控制桿。

「試試看其中幾個如何？」爺爺宣布。

老人家先發動引擎，再把一個控制桿往後拉，結果坦克馬上倒退。

「快停下來！」傑克吼道。

來不及了。帝國戰爭博物館的禮品店已被撞毀。

哐啷！

小男孩心頭一慌，拉動離他最近的把手，這台古董坦克便以驚人的疾速往前衝。

哐啷！

它輕而易舉地撞壞博物館的一面牆。

這對祖孫如今已抓到駕駛馬克五號的竅門，來回開坦克幾次，確定牆上的洞大到能讓噴火式戰鬥機的機翼通過。

哐啷！

砰！

哐啷！

然後他們七手八腳地爬出坦

克，奔回噴火式戰鬥機。他們躍上機翼，爬進駕駛座艙。和多數二戰的戰機相同，它只有一個座位，於是男孩坐在爺爺大腿上。

「少校，這裡挺舒適的，對吧？」老人家說。這是傑克生平第一次坐上如假包換的噴火式戰鬥機。他美夢成真了。

這麼多年和爺爺玩飛行員的扮家家酒，原來機艙內部眞和老人家描述的一模一樣。

儀表板上有顯示速度和海拔高度的刻度盤。底下是羅盤。

槍炮瞄準器自然與頭同高。

小男孩的膝蓋間是控制桿。桿頂是最令人亢奮的裝置——按下去機關槍就會掃射的按鈕。

爺爺開始檢查裝置。

「座艙罩？很牢固！

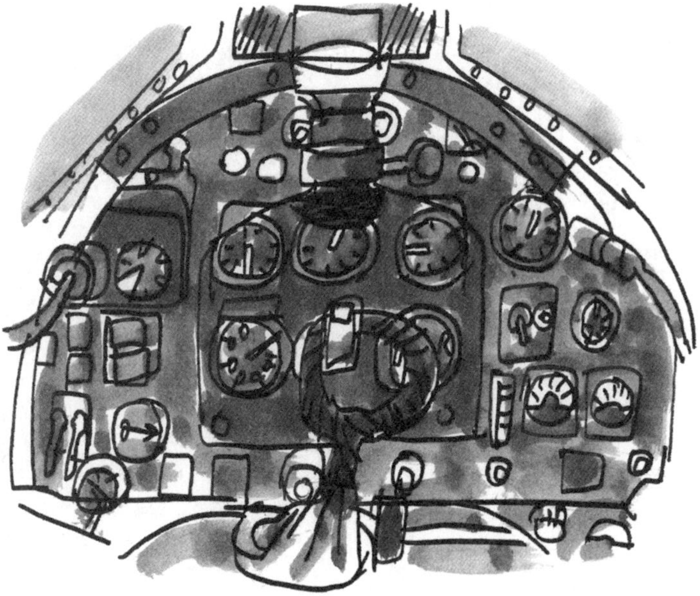

螺旋槳？打低檔！

電池？通電！

襟翼升起、調整平穩了嗎？

導航儀器？

飛行儀器？都沒問題！

油箱？油箱？**是空的！」**

傑克的目光移至油表。油箱確實是空的。好樣的，如今裝束全備妥卻哪兒也去不了。

「少校，你在這兒等著。」爺爺說。

「你要幹麼？」小男孩問他。

「總要有人出去推飛機啊！」

56 把油加滿

小男孩坐在駕駛座掌舵，爺爺使出全力把戰機推出博物館，推上馬路。所幸多半是下坡路。

祖孫倆在找加油站，畢竟如果要飛上青天，就得把戰機加滿油。

謝天謝地，他們沒過多久就在離博物館不遠的路上找到一家加油站。

櫃台後方的女士目瞪

口呆地看著一架二戰戰機滑進前院。

傑克從駕駛員座艙往下喊：「中校，你確定這架噴火式戰鬥機可以加一般的車用汽油嗎？」

「少校，她不會喜歡的！」爺爺說。「這種油會嗆得老姑娘小咳一下，不過她挺得住。」

不用說也知道，飛機需要的燃料比汽車多很多。

小男孩焦慮地看著幫浦上的價錢衝破一百鎊，

來到兩百鎊，接著三百鎊，然後四百鎊。

「長官，你身上有沒有帶錢？」傑克詢問。

「沒。你呢？」

最後，油價來到九百九十九鎊的當兒，老人家終於感覺油箱滿了。他想乾脆取整數加到一千英鎊算了。可是，爺爺幫浦按得力道過猛，價錢跳到一千鎊又一便士。

「該死！」老人家吼道。

「我們要怎麼付油錢？」

「我打算跟小姐說我們是英國皇家空軍，正在值勤。現在是戰爭時期，必須徵收汽油。」

「那我只能祝你好運了，長官！」

老人家聽不懂他話中的嘲諷，闊步走向收銀窗口。

就在此時，一輛小黃車停在下一個加油幫浦站。傑克從駕駛員座艙發現坐在駕駛座的正是帝國戰爭博物館的長毛壯漢保全。那傢伙身穿制服，大概要準備上班。

「**爺爺！我是說，中校！**」小男孩吼道。

「女士，請見諒，」老人家說完便揚起眉毛，轉身面向孫子。「少校，又怎麼啦？」

「你最好上飛機！而且**動作要快！**」

保全已下車準備跟男孩對質。

「**喂！就是你！**」

「長官，我剛用無線電通話！」小男孩扯開嗓門，急得像熱鍋上的螞蟻。

「我們必須**立刻**起飛！」

爺爺一面朝戰機奔跑，一面高聲下指令。「**那好吧**！發動引擎！」

傑克在爺爺家做過無數模擬演練，所以很清楚該按哪顆鈕。他按下按鈕，這隻高齡四十的戰鳥顫抖著啓動。

「你們兩個以爲自己在幹麼？」保全的咆哮蓋過引擎的轟鳴。

「**開始滑行！**」爺爺一面叫嚷，一面狂奔穿過前院。

「**小姐！報警！**」保全驚天一吼。

噴火式戰鬥機滑出加油站的同時，爺爺在後面追趕，並躍上機翼。

人高馬大的保全起初用雙腳苦追，但肋部沒過多久就開始疼痛，於是一瘸一拐地回車上開始追逐飛機。

噴火式戰鬥機如今在路上高速滑行，而爺爺則拖著腳步沿著機翼走向駕駛員座艙。

傑克才剛在他的三輪車集滿公路法規紀念章，當他看見前方紅燈亮起，

便用力踩下煞車。

小黃車停在他們旁邊，保全開始對祖孫倆破口大罵。

傑克不知該如何應對，所以只是微笑揮手。

「老小子，你停下來幹麼？」爺爺吼道。

「衝

衝

衝！」

老人家設法爬上駕駛員座艙。他關上頭頂的座

艙罩、繫好安全帶、接過操縱裝置，戰機即刻呼嘯前行。

噴火式戰鬥機沿著泰晤士河南面的大馬路移動。

路上有來車向他們疾馳，但彷彿這是個致命的大冒險，爺爺總是能一而再、再而三，在千鈞一髮之際操控飛機、閃過迎面而來的車輛。

即使引擎嘈雜不休，傑克仍聽見了警笛聲。起初有段距離，但愈來愈近。

嗚咿

嗚咿。

小男孩回頭看見整隊警車窮追不捨。

「它需要一大條空曠的路才能起飛！」爺爺說。「但這裡是倫敦市中心，哪有這麼大的空地。」

傑克往右看。更多條馬路。他再往左看，只見滑鐵盧橋映入眼簾。

「中校，左轉！」

「收到！」

飛機猛然左轉，把橋當作機場跑道疾馳。

他們向前衝刺的同時，傑克看見許多警車從橋的另一端湧現，試圖將他們攔截。

「長官，當心！」

爺爺發現警察開始用車子組臨時路障，便加大油門。假如噴火式戰鬥機再不起飛，就會

乒令

哐啷

碰

撞上警車……

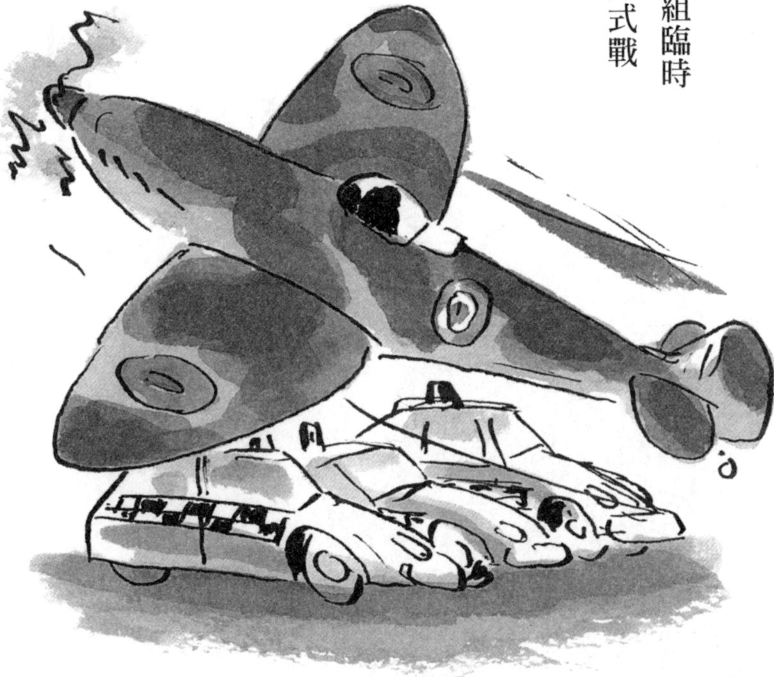

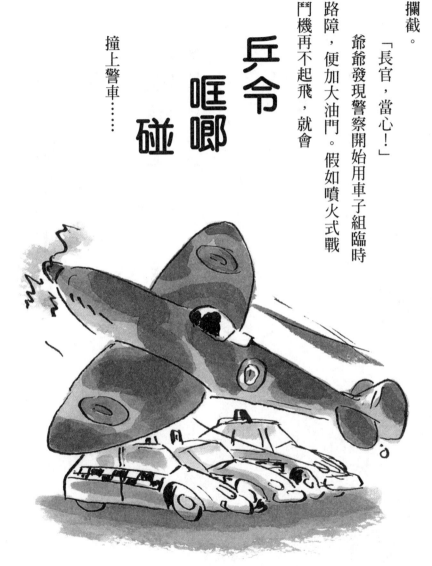

57 急遽上升

咻咻咻！

小男孩知道他和爺爺已升空，這才放下心中一塊大石。

「**上青天，上青天，開飛機遠走高飛！**」老人家說。

「**上青天，上青天，開飛機遠走高飛！**」傑克覆述。

噴火式戰鬥機起落架的後輪斜撞路障中其中一台警車的車頂，導致戰機略為搖晃。不過他們總算安全了。

現在他們直衝歷史悠久的薩沃飯店。但爺爺把控制桿往後拉，飛機立刻直上雲霄。老人家忍不住向地面的警察炫耀，表演戰機凱旋式翻轉。

這簡直就像殺

人鯨躍上浪花，只爲了向其他所有生物證明牠高人一等。

噴火式戰鬥機就是如此。它是史上性能最優異的戰機。而控制桿後方坐著的是皇家空軍最優秀的飛官。

這架老戰機經爺爺巧手的操控，宛如一輛全新的賽車。它轉起圈來不占空間；飛機在爺爺的駕駛下，差點要擦過聖保羅大教堂，把乖孫嚇到心跳差點暫停。然後戰機沿著泰晤士河高速前行，飛過戰鑑博物館，直衝倫敦塔橋。兩扇橋段開啓之際，爺爺加速，讓噴火式戰鬥機疾馳而過。

咻咻咻！

這是年紀輕輕的傑克生平頭一回感覺自己眞的活著。眞正自由。

「少校，你來開。」爺爺說。

小男孩不敢相信自己的耳朵。他的爺爺要把戰機交給他開。

「中校，你確定嗎？」

「確定！」

語畢，老人家就把手從控制桿鬆開，小男孩則將它握牢。一如爺爺所教導的，只要稍微動一下，飛機就會感應。

傑克想要碰觸天際。他把控制桿往回拉，飛機就這麼上呀上呀上青天。他們高速穿過幾朵雲，接著看到太陽。那是一團照亮天空的熾烈火球。

飛上雲端後，他們終於能夠獨處了。倫敦在遙遠的底下，再往上飛就是太空了。

「長官，我想來個垂直翻轉！」

「收到！」

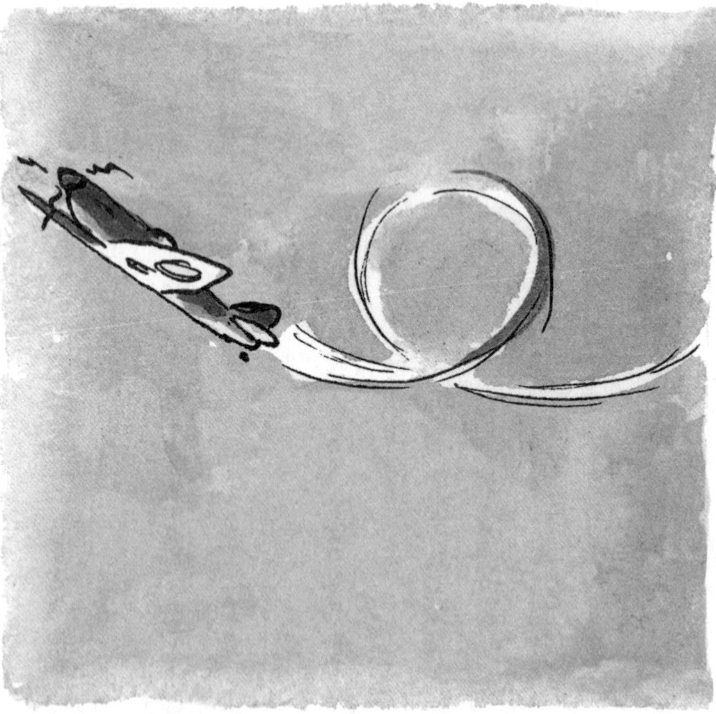

接著小男孩將控制桿往自己的方向猛烈一拉，飛機瞬時在空中畫了個弧形。現在機身上下顛倒了！除了這一刻，其他什麼都不重要了。過往的種種，未來的一切，和此刻相比都不再重要。

他雙手繼續按著控制桿，飛機馬上回正。過程歷經幾秒？還是幾分鐘？

什麼都不重要。其餘的一切都不重要。從前發生的事無所謂。以後會發生的事也無所謂。眞正要

緊的，是**此時此刻**。

小男孩將每個感受牢記心頭。壓力怎麼將他按在座椅上。引擎怎麼響的。燃料是什麼味道。

噴火式戰鬥機水平飛行、掠過雲朵、直奔豔陽。

他倆從眼前眩目的紅光看見兩個小黑點冒了出來。只是陽光太刺眼，一開始無法辨認那些黑點。只知道它們正以疾速駛來。

58 絕不投降

直到黑點逼近，小男孩才認出那是兩架獵鷹攻擊機。它們是現代化的噴射驅動戰機，以迅雷不及掩耳的速度咻咻咻地穿過噴火式戰鬥機。

小男孩很害怕——他們派戰機上來幹麼？要將他們擊落嗎？這兩架攻擊機飛得好近，警告意味濃厚。他可以看見身後的兩架飛機又繞回來，在眨眼間追上他們，與噴火式戰鬥機並排飛行。獵鷹攻擊機一左一右，近到機翼都要與他們那架相碰了。攻擊機駕駛戴的頭盔附黑色面甲，所以看不見他們的眼睛，他們的嘴也被面罩蒙住。與其說他們長得像人，其實更酷似機器人。

「德軍搞來全新的飛機啦！」爺爺說。

傑克左右張望。

兩旁的飛行員打手勢要他們下降。

「長官，他們要我們降落。」小男孩高聲說。

「少校，邱吉爾說過什麼名言？」

傑克從歷史課學到二戰英國首相溫斯頓．邱吉爾說過許多膾炙人口的經典名言，只是不曉得爺爺指的是哪一句。

「從來沒有這麼少的人爲這麼多的人做過這麼大的貢獻？」

「不對。」

「我們要在灘頭作戰？」

「不對。」

傑克絞盡腦汁。「我能奉獻的別無其他，只有熱血、辛勞、眼淚，與汗水？」

「不對。不是這句，」爺爺回話。他變得更糊塗了。「我們偉大的首相曾說過有關不要放棄的名言。他確切是怎麼說的我想不起來，不過我百分之百篤定他說過要我們千萬不能放棄！」

「我們絕不投降？」小男孩斗膽再試。

「就是它沒錯！我也絕不投降……」

小男孩驚恐地倒抽一口氣。

59 行雲流水般優雅

老人家將控制桿往回拉，噴火式戰鬥機便如火箭向上發射。

這突如其來的舉動教兩架獵鷹攻擊機的駕駛猝不及防，愣了一下才發動追擊。照理說，噴火式戰鬥機的木製螺旋槳不可能是新型噴射引擎的對手；但在爺爺的神來之手下，這架古董機飛起來竟也讓獵鷹攻擊機望塵莫及。

沒錯，這個老姑娘關節咯咯響，有時也會被嗆得咳個幾聲。但論飛行，噴火式戰鬥機飛翔的行雲流水無人能及。

其中一架追擊的獵鷹攻擊機冷不防地發射導彈，嗖地一聲飛過噴火式戰鬥機，在空中爆炸。

砰砰！
話雖如此，傑克還是嚇得魂不守舍。

發射導彈顯然只是出於警告。畢竟獵鷹攻擊機只要有意願，可以在轉瞬間擊落他們的噴火式戰鬥機。

來路不明的戰機在倫敦市中心上方飛行，是對維安的重大威脅。攻擊機上來的目的果眞是叫他們降落。

這時噴火式戰鬥機的無線電傳來人聲。

「我是獵鷹攻擊機紅色隊長。噴火式戰鬥機，你進入禁飛區，必須立刻降落。完畢！」

「我們絕不投降！完畢！」爺爺答覆。

「我們不想傷人，但如果你們不降落，我們只能依照指示將你們擊落！完畢！」

「完畢！」爺爺說完隨即關掉無線電。

60 在槍林彈雨中疾馳

傑克和爺爺能聽見身後再度發射一枚導彈。老人家使飛機側飛，飛彈掠過噴火式戰鬥機的機腹。

砰！

第二枚導彈直接在噴火式戰鬥機的機頭前炸開。飛機在槍林彈雨中疾馳，傑克怕得閉上眼。

「你一定要照他們說的做！」小男孩在震耳欲聾的爆炸聲中吼叫。

「我寧可像個英雄在空中捐軀，也不要像個奴隸在地面苟活。」

「可是——！」

「不過，少校，你必須跳傘！」爺爺在彈炮聲中吼道。

「爺爺，我不會離開你的！」

「爺爺？」老人家突然搞糊塗了。

「對。爺爺，」小男孩答覆。「我是傑克——你的孫子。」

「你是我的……孫子？」

「沒錯。」

「傑克？」老人家問道。

有那麼一會兒，爺爺好像完全恢復神志。

「對。傑克。」

「我的孫子最棒了。傑克！我不能讓你受傷。你現在一定要跳傘。」

「我不想離開你！」小男孩哭喊著說。

「但是我必須離開你。」

「拜託你，爺爺，我不要你死！」

「傑克，我愛你。」

「爺爺，我也愛你。」

「只要你愛我，我就會永遠活著。」

老人家話一說完就使機身上下顛倒，打開座艙罩，將小男孩的降落傘繩使勁一拉。

「上青天，上青天，開飛機遠走高飛！」爺爺在孫子身後吶喊，向他行最後一次禮。

61 返回陸地

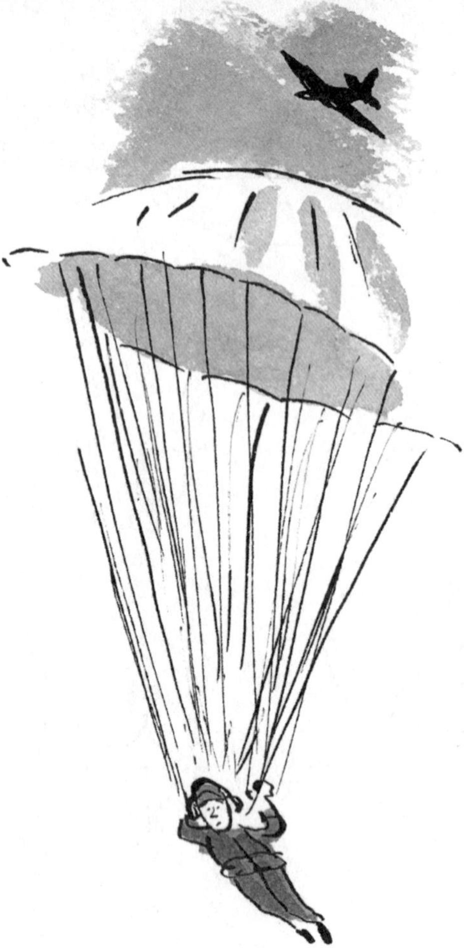

降落傘立刻打開，空氣阻力把傑克拽出戰機。兩架獵鷹攻擊機轟隆隆地從他身旁飛過，他眼睜睜地看著噴火式戰鬥機愈升愈高。

小男孩往陸地降落的同時仰望天際。噴火式戰鬥機很快就成了遠處小到不能再小的點點。那顆點點也很快從他視線隱沒。

「上青天，

上青天，開飛機遠走高飛。」小男孩淚流滿面。

傑克低頭往下望，倫敦盡收眼底。從空中俯瞰，這座繁忙的大都會反倒顯得靜謐。河流、公園、和所有宏偉的建築物都整齊地緊挨著彼此，好似桌遊的小方格。

某個陽光和煦的午後，他們在爺爺家模擬如何從被擊落的噴火式戰鬥機跳傘。所以儘管小男孩沒有實際操練的經驗，卻知道該怎麼藉由拉動降落傘繩來操控方向，使自己安全降落。

傑克發現底下有塊開闊的空地，土地綠意盎然，他猜應該是座公園。

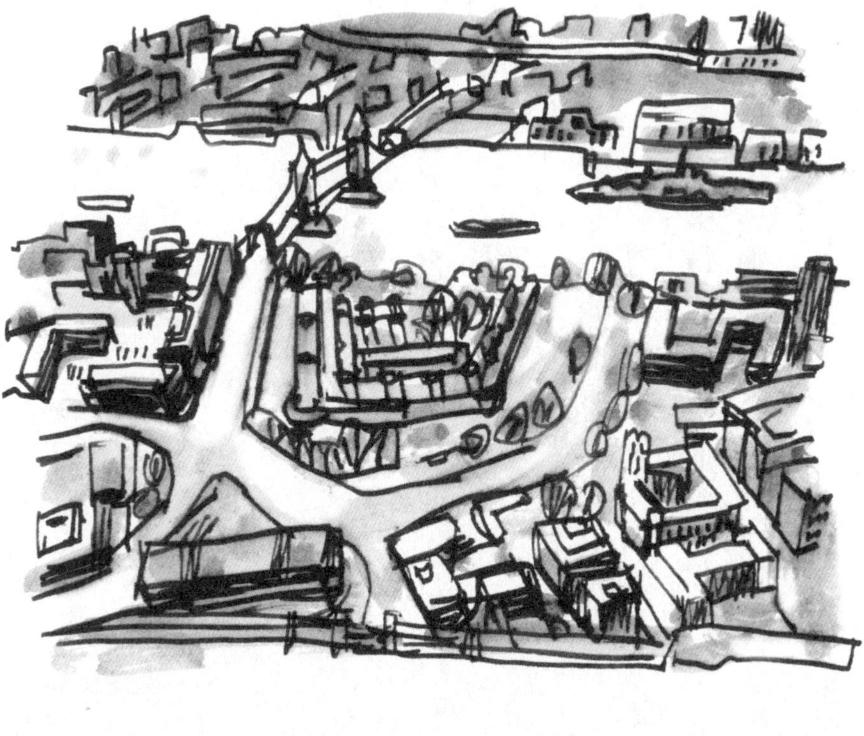

他把自己往那個方向帶，確保能在柔軟的土地著陸。

小男孩

飄呀

飄呀

飄地

往下飄。

不久後，傑克飄過樹梢。等他最終著陸，沒忘記膝蓋要彎，在修剪整齊的草地上滾了幾圈。

他筋疲力竭地躺著，暫時閉上眼。這一晚實在折騰人。

毫無預警地，他感覺有什麼又濕又溫的東西在臉上。小男孩睜開眼，看見好幾隻小狗全圍著他，將他舔醒。

過了一會兒，他才意會這些狗其實都是科基犬。傑克嚇得坐直身子。他看到遠方有個樣貌高貴的夫人，她一身整潔，綁了條頭巾，穿加襯裡的夾克配粗花呢裙。

等她走近，傑克才發覺這人的臉他在哪兒見過。

在郵票上。

她是英國女王。

背景是她富麗堂皇的家，這肯定錯不了。

原來小男孩在白金漢宮的花園著陸。

女王俯視傑克，若有所思地說：「你這個年紀進英國皇家空軍是不是有點嫌小？」

第四部
通往繁星的路

62 向英雄致敬

爺爺的喪禮在一週後舉行。地方上的教堂擠得水洩不通，全是想向這位英雄致上最後一次敬意的百姓。

傑克坐在前排的靠背長椅，左右分別坐著爸媽。男孩知道棺材是空的。說來離奇，噴火式戰鬥機一直沒被尋獲。爺爺的屍首也始終下落不明。

獵鷹攻擊機的駕駛回報他們看見那架古董機愈飛愈高，一路飛進大氣層，最後從他們的雷達螢幕上消失。經過日以繼夜的搜索，噴火式戰鬥機依舊不知去向。

棺蓋上披了一面英國國旗。這是英國表揚逝世國軍的方式。棺材上擺著一枚勳章——飛行傑出十字勳章，象徵爺爺卓越的成就。

坐在傑克正後方的是拉吉，他哭得淅瀝嘩啦，擤鼻涕像是吹喇叭那麼吵。

他那排都坐著爺爺跟傑克從**暮光之塔**救出來的老人，其中包括蛋糕太太、陸軍

少校、和海軍少將。大家永遠感念協助他們脫逃的人——爺爺。

暮光之塔的內幕爆發後成了全國性的醜聞。登上報紙頭版和電視新聞頭條。傑克完全不想邀功，但爺爺儼然成了**名人**。

雖然養老院被燒成焦土，但那些「護士」依舊逍遙法外。除此之外，幕後操盤手，也就是**暮光之塔**的壞總管，最後落得什麼下場也沒人知曉。豬玀夫人是否葬生火窟？又或者正忙著策畫下一件**壞事**？

走道另一側坐著一整中隊的二戰空軍老兵。龐汀中校的這些老同袍腰桿挺直、傲然而坐。他們全都

留著某種軍鬍，像是——

筆狀鬍

翹八字鬍

落腮鬍

馬蹄鬍

帝王鬍

風流鬍

衣架鬍

海象鬍

墨西哥鬍

牙刷鬍

燈罩鬍

畫家達利鬍

中國佬鬍

法式小鬍子

蝙蝠翅膀鬍

每位老兵都身穿西裝外套配長褲，別在胸前一排又一排的勳章叮噹作響。傑克歷史課的同學也全班到齊。他們向老師——也就是眞理夫人——申請停課，好前來致敬。他們很喜歡爺爺到班上，永遠都忘不了他參與不顚列之役驚心動魄的故事。這些小朋友當然也想爲同學傑克打打氣。

自從得知老人家是位眞英雄，眞理夫人就爲自己那天在歷史課的無禮行徑

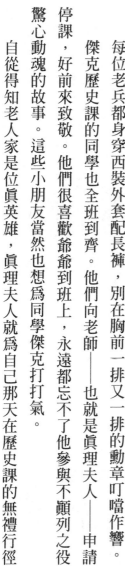

感到萬分自責。如今她也爲他潸然淚下。把她摟在懷裡安慰的，正是帝國戰爭博物館的保全。顯然打從她對他口對口人工呼吸，愛苗就在兩人之間滋長。

他們身後的後排靠背長椅坐在肥肉與排骨——來自倫敦警察廳、時運不濟的警探雙雄。這對活寶跟傑克和他的父母混得很熟，現在領導警方調查**暮光之塔**的案子。傑克領教過他們的審問技巧，所以對破案沒抱多少希望。不過，小男孩知道雙人組出於好意，即使自己悲痛欲絕，還是樂見他倆參加爺爺的喪禮。

教堂的管風琴演奏幾首曲子，接著霍格牧師便開始主持告別式。

「親愛的弟兄姐妹，今天我們齊聚一堂，爲一位祖父、父親、和衆人朋友的辭世來哀悼。」

「他是我唯一眞愛過的男人！」蛋糕太太突然情緒大爆炸，向衆人宣告。

不過，小男孩注視牧師的同時，完全聽不進他說的話。傑克漸漸察覺這個人有些地方非常可疑。

63 斷掉的鼻樑

小男孩目不轉睛地注視牧師，發現他臉上鋪著幾層斑駁的濃妝，像是想要掩蓋什麼。更詭異的是，霍格牧師布道時神情緊張，不斷從他鏡片後方偷瞄傑克。他的鑲鑽金錶在手腕上噹啷響，而且當他察覺小男孩盯著他的錶看，竟笨拙地拉下衣袖遮蔽。霍格牧師腳上那雙閃亮亮的黑鞋，看起來像是用天價鱷魚皮做的。他身上散發著甜到令人作嘔的香檳和昂貴的雪茄味。他不是一般樂善好施的牧師，而是中飽私囊的自私鬼。

「請翻到歌本一百二十四頁：『我宣誓向祖國效忠』。」

霍格牧師對風琴手點了個頭，只見這個彪形大漢指關節上竟有「愛」與「恨」的刺青。傑克赫然發現這個人酷似……

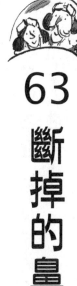

玫瑰護士！

音樂響起，前來致哀的親友全都起立開始唱聖歌。

「我向妳起誓，我親愛的祖國，我願在妳面前獻上塵世的一切，那是全然完美無缺的，就是我對妳奉獻的愛……」

衆人齊唱聖歌，但傑克卻死盯牧師的雙眸。他的眼睛小而貪婪，男孩似曾相識。

「我聽見祖國召喚，在大海遙遠的彼端，在汪洋的另一頭，她對我不斷召喚。」

聖歌繼續演奏，小男孩改將目光鎖定唱詩班。他們有的臉上有疤、鼻樑斷裂，或嘴裡缺牙。

他們沒有一個認得歌本上的字，只是用低沉沙啞的嗓音含糊地糊弄過去。中間那個鑲金牙的是不是……雛菊護士？

「我聽見戰火四起，聽見槍林彈雨，我趕緊奔向祖國，因為我是妳萬千子民之一。」

傑克回頭看站在後方的牧師助理，也就是教堂司事。他遵循傳統穿黑色長袍，但異乎尋常的是，他竟剃了顆光頭，脖子上還有個蜘蛛網圖案的刺青。他同樣非常面熟。會不會是花兒護士？

「另有一個遙遠的國度，是我許久以前就聽過的，對愛她的來說，是最親愛的故土，對知道她的，是最偉大的祖國……」

聖歌唱到尾聲時，傑克確定自己快要解開這個謎團。回憶從腦海閃過……豬玀夫人抽的那根大雪茄、牧師如此積極推薦**暮光之塔**、他倆都長了一個朝天鼻……假如這些教堂助手、風琴手、唱詩班，和教堂司事全是**暮光之塔**的冒牌護士——這個犯罪集團，明明應該照顧那些老人家，卻一心把他們的終生積蓄占爲己有——他們首領的眞面目也應呼之欲出。

霍格牧師繼續主持告別式，向衆人宣布：「我現在要朗讀詩篇第三十三篇：『爲主來歡唱』……」

傑克猛然起身，他再也按捺不住了。

「喪禮暫停！」他咆哮道。

64 鼻子變長了

中途打斷喪禮這種事前所未聞。齊聚教堂致哀的衆人不敢相信小男孩突然喊卡。一瞬間，所有人的目光都移到傑克身上。只有一兩隻眼胡亂遊移，因爲那是空軍老兵裝的玻璃珠義眼。

「豈有此理？」霍格牧師怒喝。

「兒子啊，你這是幹麼？」爸爸輕聲問。

「傑克，我拜託你，給我坐下閉嘴！」媽媽齜牙裂嘴地說，拽小男孩的胳臂，要他坐回靠背長椅。

「牧師……」小男孩打開話閘子。他微微打顫，無論怎麼控制，手指就是不聽使喚地發抖。

「牧師跟總管……他們……他們是……同一個人！」

嚇！

出席喪禮的四百位親友全嚇得倒抽一口氣。只有海軍少將例外，他耳聾到無藥可救；助聽器高聲尖嘯的同時，他扯開嗓門：

「小朋友，你說啥啊？」

「我說，」傑克這回揚高音量重說一遍：**「牧師跟總管是同一個人。他是神棍！」**

「抱歉。有人在我耳裡吹口哨，我一個字也聽不見。」

他的朋友陸軍少校坐在隔壁，對他吼道：**「他說牧師是神棍啦！」**

「水滾啦？」海軍少將完全沒聽懂。「要煮什麼吃？」

「我等等再跟你解釋！」陸軍少校咆哮。

「不是啦，我，呃，是那個小屁孩在說謊！」牧師爲自己辯駁。他額頭開始冒汗珠，口乾舌燥，想要講話卻只發出咂咂聲。他的謊言被揭穿，宛如一團線球散開。

在此同時，唱詩班的成員緊張得你看我、我看你。這下被識破了！

「是他逼我們的！」雛菊護士冷不防地哭喊。「要我們到養老院充當護士！」

「肅靜！」牧師怒斥。

「我全招了！人家長這麼美，不能進監牢啦！」

「我叫你們肅靜！」

其中一名爪牙已投降，想必會有更多人棄暗投明。小男孩覺得自己鴻運當頭。

「這麼說，『豬玀夫人』確實逃過**暮光之塔**的火災劫難囉！這些日子以來，你一直明目張膽地幹壞事！」

「我又沒做錯什麼！」霍格牧師抗議。「只不過竄改老人的遺囑好把錢施捨給窮人嘛！」

「騙子！騙子！」小男孩吼叫。

「鼻子變長了！」拉吉附和道。

「你都把偷來的錢拿來喝香檳、抽雪茄，開全新的跑車！」傑克嚷道。

霍格牧師被**逮個正著**、不容狡賴。

65 老人兵團

牧師站在聖壇前，語氣變得憤怒惡毒。「小朋友，就算我Ａ錢又怎樣？這麼多錢留給那些老不死又有屁用？」

不用說也知道，這番言論聽在滿屋子的老人家耳裡有多唐突。教堂裡馬上群情激憤，交頭接耳聲四起。

「每次做完主日禮拜，我就會把奉獻鐵箱倒空。那些可悲的老不死頂多捐幾枚銅幣和一顆舊鈕扣。這樣我要怎麼在蒙地卡羅買度假豪宅啦？」

「哦，好委屈哦！」拉吉諷刺地打岔。

「你給我住口！」牧師吼道。

「哦哦哦哦哦！」拉吉嘲弄他。

「於是我跟旗下的盜墓人策畫密謀。我要自己開一家養老院，替那些老不死擬好新遺囑，把他們的錢占爲己有……」

「可以請你講慢點嗎？」後方的肥肉警探手拿著筆記本呼喚。「我正想辦法做筆錄。」排骨警探翻了個白眼。

「你是個罪大惡極的壞男人！」傑克大吼。

「同時也是女人！」蛋糕太太補了一句。

「對！也是女人！」小男孩吶喊。

「罪大惡極的壞男人，和窮凶惡極的壞女人。你對那些老人家太殘忍了！」

「哦，誰鳥他們啊?!他們全都是老番顛！」

不用說也知道，這番言論同樣不討喜。

「你好大的膽子！」蛋糕太太叫嚷。

「抓住他！」陸軍少校下令。

「進攻！」海軍少將吶喊。

語畢，教堂裡的老人家便起身向牧師和他的黨羽一擁而上。

「交給警方處理吧！」排骨警探大喊。但**暮光之塔**的前住戶哪聽得進去？他們想要復仇。這群神棍試圖逃離教堂，老人家們七手八腳地追趕。拐杖、手提包、助行架……全都成

了武器。蛋糕太太開始拿歌本使出吃奶的力量猛擊牧師。同一時間，陸軍少校也把校堂司事（又名「花兒護士」）逼得無處可逃，拿讀經台硬是將他抵在牆上。海軍少將把玫瑰和雛菊「護士」緊夾腋下，龐汀中校在皇家空軍的老戰友則排成一排，拿跪墊打他們的頭。

傑克歷史課的同學歡聲雷動。這個犯罪集團絲毫敵不過老人兵團。

「我一定要常上教堂，」拉吉有感而發。「從來不曉得這裡這麼好玩！」

66 道別

傑克的父母如旁觀者，看著一齣齣鬧劇在教堂上演，然後面向兒子。

「傑克，抱歉，我們一開始沒相信你說的話。」媽媽說。

「兒子，你這樣對抗邪惡神棍眞的好勇敢，」爸爸補充道。「我知道爺爺一定非常以你爲榮。」

聽到這裡，傑克既想微笑又想掉淚。他果眞又哭又笑。

做母親的不忍看見兒子落淚，將他摟在懷中。雖然她身上有一股臭主教（一種臭到令人流眼淚的乳酪）的濃濃惡臭，被抱的感覺依舊很好。

爸爸也環抱母子倆，這個片刻似乎世上一切美好。

惡棍幫和老人兵團的這場追逐戰如今已蔓延至戶外，來到教堂墓地。傑克的同班同學樂當觀眾，看兩名警探努力恢復法治卻徒勞無功。

「我該回家做乳酪三明治了，」媽媽說。「告別式結束，每位親友照理會

來家裡。」

「對，」爸爸贊同：「老人家們這麼活動筋骨，想必胃口會很好。兒子，走吧。」

「你們先走好了，」小男孩答覆。「我想自己一人在這兒待久一點。」

「好，我懂。」媽媽說。

「兒子，這樣也好。」爸爸說。他牽起妻子的手，一同離開教堂。

現在教堂裡只剩下傑克和拉吉。報攤老闆把手搭在小男孩肩上。

「邦汀少爺，你的歷險記有夠刺激。」

「是啊，但如果沒有爺爺，我就辦不到。」

報攤老闆展露微笑，接著說：「如果沒有你，他也一樣辦不到。我先走一步。你大概想最後一次跟他道別吧。」

「的確，謝謝。」

拉吉信守諾言，留小男孩在教堂與爺爺的空棺獨處。

傑克望著棺木和國旗，最後一次行禮致敬。

「再見了，中——」他話說到一半糾正自己。「我是說，再見了，爺爺。」

後記

當晚傑克躺在床上半睡半醒。臥室逐漸消失，讓位給夢中世界。

然後，小男孩聽見窗外的遠方傳來什麼聲音。那是飛機在天上高飛的嗡嗡聲。傑克睜開眼，溜下上鋪。爲了不把隔壁的父母吵醒，他踮起腳尖走到窗畔，悄悄拉開窗簾。錯不了的，銀亮的月光襯出噴火式戰鬥機的輪廓。它俯衝、旋轉。繞圈。在夜空中跳舞。駕駛它的不可能有第二個人。

「爺爺?!」傑克驚呼。

飛機驚心動魄地一個下降，從男孩窗前

疾駛而過。坐在駕駛艙的正是龐汀中校。微光閃爍的戰機驟升飛過的同時，傑克發現一件再離奇不過的事。爺爺看起來竟跟擺在男孩床上的照片一模一樣。照片攝於一九四〇年，當年爺爺是名參與不列顛之役的年輕飛官。他變年輕了。噴火式戰鬥機呼嘯而過，傑克的飛機模型隨之搖晃。他目送噴火式戰鬥機攀至夜空。最終在眼前隱沒。

這件事男孩沒對任何人說過。畢竟有誰會相信他呢？

隔夜傑克爬上床時，興奮

地喘不過氣。他會不會跟爺爺重逢？他閉上眼，全神貫注。小男孩再一次在半睡半醒間聽見噴火式戰鬥機隆隆的引擎聲。

再隔一晚、再隔兩晚也是，每晚上演同樣的情節。

一如老人家所說，只要傑克愛著爺爺，他就會永遠活著。

＊＊＊＊

如今傑克長大成人，自己也有了個兒子。等兒子年紀夠大，傑克就迫不及待和他分享他與爺爺的驚奇歷險記。每到就寢時間，兒子總是反覆追問**暮光之塔**的勇者脫逃記、或智取戰機記，或跳傘降落白金漢宮花園記。而且現在每當兒子昏昏欲睡，他也能看見噴火式戰鬥機翱翔夜空。每晚它都會從他窗前疾駛而過，穿向繁星。

上青天，上青天，開飛機遠走高飛。

全書完

專有名詞表

一九四〇年代

一九四〇年代的大事紀為第二次世界大戰和戰後時期。對英國人民來說，這是巨變與動蕩的十年，因為數百萬名士兵從軍作戰，至於留在家鄉的百姓，必須適應新的法規與生活方式，以共體時艱。政府呼籲百姓「克盡本份」以協助國家，並鼓勵大眾「物盡其用」，也就是重覆利用及修補衣物和家具，而非直接扔棄。二戰於一九四五年結束，但人民的生活沒有馬上恢復正軌。直到一九四九年才停止實施衣服配給，戰爭時期所累積的債務也使英國瀕臨破產，所以生活條件很困乏。

第二次世界大戰

第二次世界大戰於一九三九年爆發，一九四五年結束。這是一場軸心國

（其中包括德國、義大利、和日本）與同盟國（英國、法國、美國、加拿大、印度、中國、和蘇聯）之間的戰役。有趣的是，蘇聯——以俄羅斯爲主——在戰爭初期爲軸心國成員。一九三九年德軍勢力非法入侵英法承諾保護的波蘭，爲二戰拉開序幕。戰爭爲英國老百姓的生活帶來巨變，有兩百萬名孩童從城市疏散到鄉下，以躲避德軍空襲；許多人的家園在空襲中遭到摧毀。由於人民離開工作、加入作戰行列，所以食物及其他物資嚴重匱乏。慘遭軸心國入侵的國家更是生靈塗炭。

一九四四年六月六日，也就是俗稱的Ｄ日，同盟國於諾曼地登陸，從德軍的掌控中解放法國。在此之後，士兵攻進德國，歐陸的戰爭於一九四五年的五月結束。同盟國繼續於太平洋對抗日軍直至八月。同盟國於一九四五年九月二日正式宣告勝利，二戰也畫下尾聲。

溫斯頓．邱吉爾

溫斯頓．邱吉爾可能是英國史上最受推崇的政治領袖。他於二戰期間擔任首相。他就學時期學業表現不佳，之後從軍兼職記者，後來投身政界。他率領英軍的作風對同盟國最終獲勝有著關鍵性的影響，他對英國人民發表的演說相當激勵人心，透過無線電台播放，在鼓舞全國士氣上扮演舉足輕重的角色。他於一九六五年逝世，享年九十歲，英國女王命令爲他舉行國葬，這是一項至高無上的榮譽。

阿道夫·希特勒

阿道夫·希特勒是國家社會主義黨——或稱納粹黨——的黨魁，他於一九三三年擔任德國總理，獨攬大權。之後他立即實施極權獨裁，並肅清所有反對勢力。希特勒堅信德國血統的絕對優越，這項信念最終使他下令大舉屠殺數百萬名猶太人、吉普賽人，和其他少數族群。這是俗稱的大屠殺，也是人類史上最黑暗的事件之一。一九四五年，俄軍入侵柏林，希特勒受困元首地堡，飲彈自盡。

蓋世太保

蓋世太保成立於一九三三年，是令人聞風喪膽的德國祕密警察。組織的目

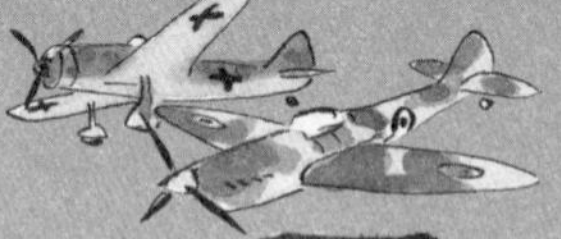

的在於尋找並逮捕希特勒的政敵，其成員享有特權，可以隨心所欲把人關進監牢拷問。他們因此獲得殘忍無道的惡名。

定量配給

英國於一九四〇年一月開始實施食物配給，藉此確保戰爭時期人人有飯吃。如果要買特定食物，除了付錢，尚須使用食物券，這樣購買的食物就不會超過指定額度。一九四〇年定額的食物包括糖、肉、茶、奶油、培根，和乳酪——但後來納入定量的食物更多。由於蔬果從未納入定量配給的名單，所以多半難以取得，政府也鼓勵人民在自家庭園栽種蔬果。其他定量配給的物資包含汽油和肥皂，就連衣服也名列其中。

科爾迪茨堡

科爾迪茨堡位於德國，是納粹在二戰期間用來囚禁戰俘的營區。人稱「進去就出不來的堡壘」。不過還是有人嘗試逃離科爾迪茨堡，他們擬定高明的逃亡計畫，像是複製鑰匙、逃進下水道、偽造身分證件，甚至把戰俘縫進床墊。

多數的逃亡計畫都以失敗收場，成功逃離的約有三十人。

海獅作戰計畫

德軍繼一九四〇年六月成功入侵法國，希特勒便下令部隊準備透過海路入侵英國。這項計畫的代碼爲海獅作戰計畫。爲了獲得最大的成功機會，德軍知道他們首先必須掌控英國的領空，移除英國皇家空軍所構成的威脅。這項計畫引發後來的不列顛之役。

不列顛之役與倫敦大轟炸

不列顛之役始於一九四〇年的夏天。人稱空中力量的納粹空軍對英國本土發動一連串的攻勢，轟炸沿海目標和軍用機場，欲摧毀英國的防禦工事，以方便入侵行動。這是一場測試空中力量和皇家空軍實力的重大戰役。縱使德軍擁有較多的戰機和飛官，英軍卻具備優異的情報系統，使皇家空軍占有關鍵性的優勢。

德國空中力量在同年八月底誤信英國皇家空軍將要瓦解，於是轉移焦點，改爲轟炸倫敦及其他英國城市。這段時期人稱「倫敦大轟炸」。德軍一連五十

七晚空襲英國城市，上千民居民得在地鐵站和防空洞避難。儘管空襲損害慘重，卻也給英軍時間修補空防。

同年九月十五日，空中力量被皇家空軍擊得潰不成軍。德軍任務失敗，海獅作戰計畫也隨即中止。這是英軍首次在二戰獲得的重大勝利。當年參與不列顛之役的飛官至今仍被奉爲英雄。假使這場仗輸了，納粹很有可能入侵英國。

英國皇家空軍

英國皇家空軍成立於一九一八年。它在協助同盟國贏下二戰勝利上扮演至關重要的角色，其中最知名的戰役即是不列顛之役。一九四〇年皇家空軍飛官的平均年齡只有二十歲。

空中力量

德國空軍稱爲空中力量。一九四〇年的夏天，它成爲世上最強大的空軍。參與不列顛之役的德軍飛官經驗老道、信心滿滿，自認可以一舉擊敗英軍。德軍輸掉二戰後，空中力量便於一九四六年解散。

女備隊

「女備隊」的全名爲空軍女性後備隊，它於二戰期間成立，是英國皇家空軍的組織之一，只不過成員皆爲女性。全盛時期有超過十八萬名成員。女備隊的成員亦稱女備隊。女備隊雖然沒有親上火線，但仍扮演其他重要的角色，比方監控飛機雷達、當阻攔氣球的機組員，和發送破解密碼。女備隊在執行作戰上極爲關鍵，其中包括不列顛之役的作戰行動。

端茶的

這是駐守印度的英軍爲當地送茶的服務員取的綽號。印度話裡 wallah 表示「執行某項任務的人」；chai 則是「茶」的意思。然而，英文裡常把 chai 字聽成 char 字，因而衍生 Char Wallah（端茶的）一詞。

颶風戰鬥機

颶風號是一種戰機，二戰之所以能擊敗德國，頭號功臣非它莫屬。它無比堅固，是耐力或持久力最驚人的戰機，缺點是沒有噴火式戰鬥機那樣敏捷或方便操控。戰後颶風戰鬥機已從軍中退役。

梅塞施密特戰鬥機

梅塞施密特戰鬥機是德國空軍用來打不列顛之役的主要機型。梅塞施密特戰鬥機俯衝的速度要比英國飛機快得多。但它的飛行時間也極短，飛三十分鐘就要添燃油——是戰爭中最不利的條件。

噴火式戰鬥機

噴火式戰鬥機爲一九三〇年代所設計的戰機。它非常先進、便於提升等級，以應付新的威脅。適應性強、速度快、火力猛，是它如此成功的原因。噴火式戰鬥機是只有一人座位的單翼機（意思是它只有一組機翼），它的機頭或前半部很大。英國皇家空軍直到一九五四年還在用噴火式戰鬥機執行軍事行動。至今它仍是英國史上最傳奇的戰機。

蘋果文庫 悄悄話回函

親愛的大小朋友：

感謝您購買晨星出版蘋果文庫的書籍。即日起，凡填寫此回函並附上郵資55元（工本費）寄回晨星出版，就可以獲得精美好禮乙份！

打★號為必填項目

★購買的書是：**爺爺大逃亡**
★姓名：____________ ★性別：☐男 ☐女 ★生日：西元______年__月__日
★電話：____________ ★e-mail：____________
★地址：☐☐☐ ______縣／市 ______鄉／鎮／市／區
______路／街___段___巷___弄___號___樓／室
職業：☐學生／就讀學校：______ ☐老師／任教學校：______
☐服務 ☐製造 ☐科技 ☐軍公教 ☐金融 ☐傳播 ☐其他______
怎麼知道這本書的呢？
☐老師買的 ☐父母買的 ☐自己買的 ☐其他______
希望晨星能出版哪些青少年書籍：（複選）
☐奇幻冒險 ☐勵志故事 ☐幽默故事 ☐推理故事 ☐藝術人文
☐中外經典名著 ☐自然科學與環境教育 ☐漫畫 ☐其他______
★感想：

線上填寫回函立即
獲得 50 元購書金

請黏貼
8 元郵票

407　台中市工業區30路1號

晨星出版有限公司

TEL：（04）23595820　FAX：（04）23550581

e-mail：service@morningstar.com.tw

http://www.morningstar.com.tw

請延虛線摺下裝訂，謝謝!

爺爺大逃亡

上青天，上青天，開飛機遠走高飛

GRANDPA'S GREAT ESCAPE